मिट्टी की परात

मिट्टी की परात

संजय व्यास

हिन्द युग्म

ISBN : 978-81-948443-4-1

प्रकाशक:
हिंद युग्म
सी-31, सेक्टर-20, नोएडा (उ.प्र.)-201301
फ़ोन- +91-120-4374046

मुद्रक : थॉमसन प्रेस, दिल्ली
कला-निर्देशन : विजेन्द्र एस विज

पहला संस्करण : 2021
मूल्य : ₹150

Mitti Ki Paraat
Prose by *Sanjay Vyas*

Published By
Hind Yugm
C-31, Sector-20, Noida (UP)-201301
Phone : +91-120-4374046
Email : sampadak@hindyugm.com
Website : www.hindyugm.com

First Edition : 2021
Price : ₹150

भार्गवी, ख्याति, हिरल, अनन्या, आहान और विहान के लिए

दो बातें लेखक की ओर से

इस किताब को लेकर कुछ कुछ वही कहने का मन है जो 'टिम टिम रास्तों के अक्स' के लिए कहा था।

क़िस्से-कहानियाँ कहने का सलीक़ा नहीं पर जो और जिस तरह से कहता हूँ आपके सामने है। मैं इन्हें मुकम्मल कहानियाँ नहीं कहता पर मेरी नज़र में हैं ये कहानियाँ ही। इनका प्रस्थान किसी कहानी की तरह ही है। और ये चहलक़दमी भी कहानी की तरह करती हैं। ये ज़रूर है कि ये फिर बहुत आगे जाने से इनकार कर देती हैं। एक सीमा के बाद ये अपना आगे जाना स्थगित कर देती हैं। और मैं भी इन्हें आगे ले जाने की ज़िद नहीं करता। ये कुछ कुछ 'स्थगित कथाएँ' हैं। व्यक्तिगत रूप से मुझे ये 'स्थगित कथाएँ' बेहद प्रिय हैं। ये देर तक आपको एक ही जगह बनाए रखती हैं जहाँ से आगे बाद में आप अपने ढंग की कहानी सोच सकते हैं। ये आपके भीतर आपकी अपनी कहानी कहने की गुंजाइश छोड़ती हैं। ये मेरी और इस तरह आपकी भी कहानियाँ हैं। यद्यपि ये बात भी है कि इस संग्रह की सभी कहानियों के साथ ऐसा नहीं है। पढ़ने के दौरान आप स्वयं इस बात को महसूस कर ही लेंगे।

अब कुछ बात इस पर कि कहानियाँ कहती क्या हैं। नया कुछ नहीं, असाधारण कुछ नहीं। बल्कि ज़्यादातर कहानियाँ सबसे सामान्य घटित होते दृश्यों, सबसे मामूली चीज़ों और जो कुछ विनम्र है उन्हीं की बात करती लगती हैं। ऐसा भी संभव है कि इन कहानियों में से किसी में कोई आदमी जितना क़स्बे की सड़क पर चल रहा होता है, उतना ही कहीं अपने अंदर भी किसी पतली सड़क पर चलता जाता है।

ये मेरे और आपके गाँव-क़स्बों की कहानियाँ हैं। ये उस घर की कहानियाँ हैं जिनकी दरारों में चींटियों की प्राचीन बस्तियाँ हैं, जिसके कच्चे आँगन में मांडणे बने हैं, जिसके कमरे में किंवदंतियों से भरे आले हैं। और जिसकी किसी दीवार से टिकी है, उपेक्षित, परित्यक्त, मिट्टी की परात।

कुछ इसी तरह का गद्य 'टिम टिम रास्तों के अक्स' में भी आपको पढ़ने को मिला था। इस बार कुछ बेहतर करने की कोशिश की है।

कहानियाँ कहना दुनिया की सबसे प्राचीन परंपरा है। इसे आदमी के रहने तक बने रहना चाहिए। वैश्विक जलप्लावन की कथा को किस संस्कृति ने अपने-अपने तरीकों से नहीं कहा! इंसान की प्राचीनतम स्मृति में किसी कहानी की ही आदिम गूँज है। कहानियाँ दुनिया की कहानियाँ कहती हैं, कहानियों की अपनी दुनिया है।

जैसा कि पहले कह चुका हूँ, इस संग्रह में छोटी, मामूली चीज़ों, बातों, जगहों, लम्हों की कहानियाँ हैं, जो आमतौर पर हमारे सामने उभरकर नहीं आतों। पर किसी और समय में इन्हें देखें तो ऐसा लगता है जीवन के पीछे छूटे रास्तों पर इन मामूली समझी जाने वाली बातों का एक उभार रह गया है। ये किसी पेड़ के समतल चिकने तने पर ऐसी गाँठ की तरह है जिसे हाथ फिराने पर महसूस किया जा सकता है। इस किताब में इन्हीं मामूली बातों का हल्का उठान नुमाया होता है।

वक़्त की सलवटें तो उम्रदराज़ चेहरे पर साफ़ दिखती हैं, स्पर्श करने पर आर्द्रता के साथ महसूस होती हैं, पर काँच की सलवटों को टटोलना एक काम है। एक चिकनी स्लेट पर खड़िया से लिखे अक्षरों को उँगली के पोर से पढ़ना एक काम है। हवा के आईने में एक अलग दुनिया देखना एक काम है और फिर उसे लिखना एक काम है। अगर यह किताब इस काम का अंशमात्र भी कर पाई है, तो यह उत्तीर्ण है। नहीं, तो उसकी ऐसी ही कोशिश के जितने भी अंक हों, दे दीजिए।

मनीषजी का विशेष आभार जिनसे इस किताब की पांडुलिपि में संशोधन-परिवर्धन पर लगातार संवाद रहा। मेरे लिए दूसरी बार भी हिंद-युग्म से जुड़ना बड़े सम्मान की बात है।

मित्र अपूर्व जिनसे बात करना हमेशा समृद्ध करने वाला अनुभव होता है, उनको भी दिल से थैंक यू, कि मेरी किताब की एक एक रचना पर बेहद महत्वपूर्ण राय दी। लेखन की इस दिलकश यात्रा में मेरे साथ हमेशा खड़े भाई किशोर चौधरी और प्रकाश सिंह राठौड़ को यही कहूँगा, ऐसे ही साथ बने रहें।

लिखने को लेकर ज़रूरी माहौल बनाए रखने और इस किताब को साकार करने में मेरी पत्नी रेखा व्यास का योगदान सबसे महत्वपूर्ण रहा, इस ज़रूरी उल्लेख के बाद अब मैं आपसे विदा लेता हूँ।

-संजय व्यास

क्रम

छविकार

मैं हमेशा उसे राह चलते देखा करता था। वह एक फ़ोटोग्राफ़र था। मेन रोड पर उसकी दुकान थी। दुकान पर साइड में एक डेस्क के पीछे वह ख़ासी आरामदायक कुर्सी पर बैठा रहता। मैं उसे हमेशा वहीं बैठे देखा करता था। उसे यही मुद्रा सूट करती थी। उसका क़द दरम्याना था पर उसमें जो बात ध्यान खींचती थी, वह उसका मोटापा था। वह ख़ासा मोटा था। पर उसका मुटल्लापन ठाठदार था। कुछ-कुछ कपूर ख़ानदान जैसा। या नुसरत फ़तेह अली ख़ान की तरह, भव्य।

वह अक्सर रेशमी कुर्ता पहने होता था जो कुल मिलाकर उसकी भरी-पूरी देह की भव्यता को बढ़ाता ही था। यह पूरे भरोसे के साथ नहीं कहा जा सकता था कि उस आदमी की तरफ़ ध्यान खींचने के लिए सिर्फ़ उसकी देह का प्रसार-भराव ही ज़िम्मेदार था। शायद इसमें कुछ योगदान उन दिनों फ़ोटोग्राफ़ी के ठाठ का भी था। कैमरा थामने वाला हर शख़्स कुछ ख़ास ही लगता था और उसके जैसे लोग अपने भरे-पूरे शरीर के साथ कैमरे वाले होकर और भी फबते थे। उसकी दुकान के बाहर एक लंबे पैनल में बहुत सारे रंगीन और श्वेत-श्याम फ़ोटोज़ लगे थे जिनमें मुस्कुराते हुए लोग उसके हुनर की गवाही देते लगते थे। उन चित्रों में कई लड़कियाँ भी होती थीं जो किन्हीं दूर देशों से आई लगती थीं। उनका सौंदर्य ग़ज़ब का था, पर वे इतनी अप्राप्य लगतीं कि उन्हें उस भूगोल का होने के बारे में सोचा भी नहीं जा सकता था। कभी वे लड़कियाँ 'सोवियत नारी' पत्रिका के पृष्ठों से उठकर आई लगतीं तो कभी लगता कि वे हूबहू वही हैं जिन्हें किसी महँगी विदेशी पत्रिका के स्निग्ध पन्नों पर मुस्कुराते देखा था। कुछेक फ़ोटोज़ में 'लोकल' लड़के-लड़कियाँ भी

दिखाई देते जो दुकान के किसी मुश्किल कोण में बैठे हुए होते, जहाँ बहुत आसानी से नज़र नहीं जाती। ये देसी छैले और ललनाएँ-छलनाएँ वहाँ 'आउट ऑफ़ प्लेस' लगते थे। उनकी मुस्कान में पीड़ा थी। और उनकी आँखों में हैरत। उनकी ठुड्डियाँ बाहर को निकली, फ्रेम से बाहर आती लगतीं। वे छायाचित्रों की दुनिया के थे ही नहीं। पर डिस्प्ले में लगे बाक़ी ज़्यादातर फ़ोटोज़ दुकान का कुशल विज्ञापन करते थे। और उससे भी ज़्यादा डेस्क के पीछे बैठे उस महोदर का। हो सकता था और जिसकी ज़्यादा संभावना थी कि वे सुंदर पोर्ट्रेट फ़ोटोज़ उस स्थूल-भद्र के कैमरा कौशल का परिणाम थे ही नहीं, शायद वे किसी और ही शहर से ख़रीदे गए थे। पर उन चित्रों ने वहाँ लगकर यही जताया था कि यही छविकार इन सब चित्रों का प्रथम और मौलिक छविकार है।

उस आदमी की दुकान एक छोटी-सी जुदा सृष्टि महसूस होती। एक ऐसी सृष्टि जिसमें अगली पाँत के पोट्रेट साइज़ लोग उस दुनिया को बेहद दिलकश और हसीन बनाते थे। इन सबने उस स्थानीय छविकार को लार्जर दैन लाइफ़ इमेज प्रदान कर दी थी। मेरे लिए तो कम-से-कम वह इंसान न होकर ख़ुद अपना ही एक बेहतर फ़ोटो था जिसे उस सड़क पर आते-जाते हर बार डेस्क के पीछे बैठे देखने की इच्छा होती थी।

कई बार उस छविकार को काँच के गिलास में चाय पीते देखा करता था। काँच का गिलास उसके हाथ में आते ही क्रिस्टल का कोई भव्य गिलास दिखने लग जाता था। और चाय उसमें चाय न लगकर देवताओं का कोई पेय लगती थी जो हम लोगों के लिए हमेशा अलभ्य था। मैं कई बार उसकी दुकान में इस तरह उसे देख घर जाकर काँच के गिलास में चाय पीता था, कुछ-कुछ उसी की विशिष्ट मुद्रा में ही। बावजूद इसके चाय पीने के मेरे उस अनुभव में किसी भी प्रकार की दिव्यता-भव्यता नहीं महसूस हो पाती थी। मैं भरसक सावधानी बरतता था। काँच का गिलास, उसमें भरी चाय, उतनी ही मात्रा, यानी पूरी भरी होने से ज़रा कम। रंग से कड़क, उसी तरह बाएँ हाथ में थामने का अंदाज़, इन सबके बावजूद सब कुछ पार्थिव ही बना रहता।

मैं अगर सड़क के दूसरी ओर होता तो उसकी दुकान विपरीत किनारे पर लगभग पचास फ़ीट दूर होती थी। और वापसी में मैं सड़क के दूसरी ओर से

आ रहा होता तो उसकी दुकान के ठीक पास से तमाम फ़ोटुओं को देखता गुज़रता था। उस वक़्त मेरी चाल धीमी ही जाती थी पर उस आदमी को एकदम नज़दीक से देखने की हिम्मत नहीं जुटा पाता था। एक बार, सिर्फ़ एक बार मुझे उस छविकार की आवाज़ सुनाई दी थी। उसकी आवाज़ धीमी और दुर्बल थी। कुछ-कुछ बीमार आदमी की आवाज़ की तरह। उसकी देह से इतनी पतली आवाज़ निकल ही नहीं सकती जैसे। पर उसकी आवाज़ सच में पतली और बारीक़ थी। उस वक़्त तो मुझे लगा था जैसे वहाँ कोई और है जो बोल रहा था। शायद कोई बच्चा। पर जल्द मैं समझ गया कि वहाँ कोई और नहीं था। वह शख़्स ही था जो बोल रहा था और अपने-आप से ही बोल रहा था। और मैं विश्वास करने लग गया कि छविकार के लिए ऐसी ही आवाज़ होनी चाहिए। हर लिहाज़ से वह आदमी मुझे एक आदर्श छविकार का प्रोटोटाइप लगने लगा था।

तो दुकान के पास से गुज़रते वक़्त मेरी चाल धीमी ज़रूर हो जाती थी पर उस आदमी को बिलकुल सामने से देखने की हिम्मत मैं नहीं जुटा पाता था। मुझे पास से चलते वक़्त भी यही लगता था कि वह आदमी अपने काले चश्मे से मुझे घूर रहा है और शायद उसे मेरा इस तरह दुकान को या उसे देखना पसंद नहीं है। मैं इसी झिझक के साथ धीरे-धीरे चलता रहता और बिना सीधे उसकी ओर देखे अलग-अलग पलों में अलग-अलग ख़ूबसूरत लड़कियों के फ़ोटो देखता रहता। वे फ़ोटो अपने चटख रंगों के साथ मुझे लुभाने लगते। साथ ही उनमें कुछ ऐसा भी था कि लगता ये किन्हीं वास्तविक लड़कियों के फ़ोटो नहीं हैं। उनकी सुंदरता में कुछ ऐसा था जो विलायती ही नहीं विजातीय भी था। वे मुझे किसी ग़ैर इंसानी शै के चित्र लगने लग जाते। और तब मुझे वह स्टूडियो का मालिक जादूगर लगने लगता। भले ही मैं अपने को समझाता कि ये फ़ोटो इस आदमी ने शायद खींचे ही नहीं हैं पर दूसरे ही पल मैं सोचता कि मेरा ये अंदाज़ा ग़लत भी हो सकता है। फ़ोटो उसके खींचे भी हो सकते हैं। हो सकता है पहले वह किसी और शहर में रहता हो या उसकी दुकान किसी और जगह रही हो जहाँ उसने ये फ़ोटो लिए हों। और यह बात दिमाग़ में आते ही वह फिर जादूगर लगने लगता। जादूगर भी हाथ की सफ़ाई से मजमा लगाने वाला नहीं, सच का। और उस दुनिया का जिसमें राजकुमारियाँ और

तोते वग़ैरह होते हैं। इन सब ख़यालों के आते ही मैं कुछ-कुछ घबराता, जल्दी से आगे बढ़ जाने की कोशिश करता, जैसे वह आदमी अभी मुझे पल भर में किसी बड़े चौकोर साइज़ के फ़ोटो में बदल देगा। हालाँकि यह ख़याल भी अपने-आप में कम आकर्षक नहीं था।

गोलगप्पे

उसे मुँह में सुबह से ही कुछ फ़ीका-फ़ीका-सा महसूस हो रहा था। ज़बान पर एक बेस्वादी-सी परत चढ़ी थी। वह जीभ को मुँह में घुमाता, गालों की अंदरूनी मुलायम दीवारों पर, मसूड़ों पर, नीचे, सब जगह। पर कहीं कोई ज़ायक़े का अणु नहीं था। यहाँ तक कि तालू पर से भी मिठास ग़ायब थी। उसे समझ नहीं आ रहा था कि यह फ़ीकापन आया कहाँ से था। रात का खाना भी ठीक-ठाक था। पिछले कई दिनों से उसका पाचन भी दुरुस्त था। उसका मस्तिष्क स्वाद के उद्दीपन की प्रतिक्रिया भी ठीक ढंग से दे रहा था। फिर क्या वजह हो सकती है ? ये फ़ीकापन बेवजह तो नहीं हो सकता। उसने काफ़ी देर सोचा फिर अपने-आप को इस प्रक्रिया से 'क्विट' कर लिया।

'ये किसी नामालूम वजह से है', यह उसका आख़िरी निष्कर्ष था। कारण के बजाय उपचार पर ध्यान देना चाहिए, उसने सोचा। उसका दिमाग़ कई तरह के व्यंजनादि में स्वाद खोजने लगा। गुलाब जामुन, रसगुल्ले वग़ैरह तो उसे वैसे भी कम ही पसंद थे, रबड़ी, श्रीखंड, रसमलाई, दाल बादाम का हलवा सबका विचार उसे इस वक़्त बेहद उबाऊ लग रहा था। तमाम तीखी चटनियों के साथ समोसे, मिर्चीबड़े खाने का ख़याल भी उसे जमा नहीं। फ़ीकापन उसके मुँह से बुरी तरह चिपका रहा।

उसकी इच्छा हुई कि सिगरेट पी जाए। वह पीता नहीं था, बस कभी-कभार ही उसने दोस्तों के साथ छल्ले उड़ाए थे और हर बार उसे सिगरेट पसंद नहीं आई थी। देर तक साँस के साथ तमाखू की गंध लदी रहती। आज उसके मुँह के इस अजीब से फ़ीकेपन ने ही उसे अन्यथा नापसंद सिगरेट जैसे विकल्प की ओर सोचने को मजबूर कर दिया था। वह सिगरेट के धुँए से इस

फ़ीकेपन को जला देना चाहता था। उसे एकबारगी लगा वह सिगरेट के ज़रिये अपनी स्वादहीनता से लड़ सकता था। पर कुल मिलाकर उसके मन में हिचक बनी रही। फ़ीकापन और उसके लिए सिगरेट? उसका मन ऊहापोह की स्थिति में था। उसकी यह झिझक कुछ देर और बनी रही और इसका परिणाम यह हुआ कि निर्णय पर पहुँचने से पहले ही उसने इस विकल्प को ख़ारिज कर दिया। उसे लगा इससे शायद बात नहीं बनेगी। उसका मुँह एक अजीब-सा मिश्रण बन जाएगा। फ़ीकेपन में जैसे जला हुआ कोयला रगड़ दिया हो। वह बहुत उत्साहित नहीं हो पाया था और उसने ये विचार अंततः छोड़ दिया।

वह चलता जा रहा था। शहर में बिना नक़्शा देखे वह कहीं से भी घर पहुँच सकता था। और घर से कहीं भी जा सकता था। शहर उसका देखा-भाला था। आज, पर वह शहर में जहाँ चल रहा था वह उसे जानी-पहचानी सड़क नहीं लग रही थी। उसे इसका कारण समझ में नहीं आया। ऐसा उसका साथ देती याददाश्त में कभी हुआ नहीं था। पर फ़िलहाल उसका ध्यान इसका विश्लेषण करने पर बिलकुल नहीं था। इससे कोई फ़र्क़ नहीं पड़ता था कि शहर में वह किस जगह या गली मोहल्ले में चल रहा है। वह कहीं से भी, कभी भी घर पहुँच सकता था। उसे फ़िलहाल मुँह के बिगड़े ज़ायक़े से परेशानी थी। ज़बान को जैसे लकवा मार गया था। उसके सारे उद्दीपन ख़त्म हो गए थे। स्वाद कलिकाएँ सूखे ठूँठ में तब्दील हो गई थीं।

किनारे पर थोड़ी दूर उसे गोलगप्पे का ठेला दिखाई दिया। गोलगप्पों का वह कोई फ़ैन नहीं था, बल्कि कई बार वह इन्हें ओवररेटेड कमोडिटी कहता था। क्या था इनमें? खट्टा-नमकीन द्रव और उसे थामती एक कमज़ोर-सी भित्ति। इस तीखे-से पानी को स्वादिष्ट तो कैसे कहा जा सकता है? और इसके पतले खोल को भी चबा जाने के पीछे का कारण स्वाद से जुड़ा नहीं हो सकता, बल्कि इसे खाया जा सकता था इसलिए खा लिया जाता था। कोई भी आदमी गोलगप्पों को उसके खोल की वजह से नहीं खाता था। अगर ये रबर या प्लास्टिक का बना होता तो शायद च्युइंगम की तरह थूक दिया जाता।

क्यों लोग फिर भी गोलगप्पों के पीछे भागते थे? वह इस तरह के सवाल इसीलिए सोच पा रहा था क्योंकि अगर उसका मुँह इस तरह फ़ीका नहीं होता तो वह गोलगप्पे खाने के बारे में सोचता भी नहीं। गोलगप्पों को लेकर इस

हालत में भी उसके मन में द्वंद्व ही था जिसकी परिणति उसके मन में इस तरह के सवालों के रूप में हो रही थी।

वह सोचता जा रहा था कि क्या वजह हो सकती है कि लोग ख़ूब तादाद में इन 'पानी-पतासों' के पीछे लगे रहते थे और कई बार तो भीड़ की स्थिति में ठेले वाले के आगे पहले दिए जाने को लेकर चिरौरियाँ तक की जाती थीं। बहुत वाजिब और ठोस तर्क तो उसके पास नहीं था पर उसका कुल मिलाकर यही सोचना था कि गोलगप्पा मुँह में जाकर एक दम से फूट जाता था और एक तीखा-सा हमलावर क़िस्म का स्वाद सहसा पूरे मुँह में छा जाता था। खाने वाला इसी घटना के फिर होने की स्थितियाँ पैदा करने के लिए एक बार और उसे निगलने की ओर प्रेरित होता होगा। उसके बाद फिर एक और। यूँ एक और एक और की स्थितियाँ बनती रहती होंगी। ये सब स्वाद से ज़्यादा एक खेल का असर छोड़ता था। जैसे यह स्वाद के साथ एक तरह का खेला गया खेल था।

गोलगप्पों का ठेला थोड़ा हटकर था। ट्रैफ़िक से हटकर। ठेले के पास खड़े होकर ट्रैफ़िक को ख़ासी दूरी से ही आवाजाही करते देखा जा सकता था। शाम का वक़्त था और अँधेरा ख़ूब जमा हो गया था इसलिए वह गाड़ियों को लाल पीली धारियों में खिंचते या कभी रौशन बिंदुओं में विखंडित होते देख रहा था। इसमें उसकी दिलचस्पी जल्द ही ख़त्म हो गई। वह ठेले के आस-पास केंद्रित हो गया। उसके मुँह का फ़ीकापन अभी भी बना हुआ था। गोलगप्पों का हमलावर स्वाद इस फ़ीकेपन से तात्कालिक रूप से निजात दिला सकता था पर उसके मन में कुछ भी निगलने, गटकने को लेकर अरुचि थी। उसने इस बारे में सोचना बंद कर दिया और आस-पास देखने लग गया।

ऊपर पीपल की झुकी हुई डालियाँ थीं। पत्तों पर कहीं से कृत्रिम प्रकाश गिर रहा था। उसने पत्तों में कुछ असामान्य देखा। यह उन पर गिर रही रोशनी की वजह से तो नहीं था। पत्तों से जैसे रंग छूट रहा था। वे जगह-जगह से बेरंग हो गए थे। पत्तों पर जैसे अमूर्त-सी आकृतियाँ बनी हुई थीं। कुल मिलाकर ये सब इतना असुंदर था कि उस तरफ़ देखने का मन ही नहीं करता था। आस-पास कहीं भी पीपल का तना नहीं दिख रहा था। शायद पेड़ पास की पुरानी दीवार से सिर्फ़ टहनियों जितना ही निकला था। दौड़ते-भागते हाँफते

शहर के पास यह जगह कितनी चुप-सी थी! ऊपर से पीपल के पत्तों से झरता सन्नाटा। पुरानी दीवार की दरारों से झाँकता बियाबान। ठेले वाले की मटकी प्राचीन मृदभांड जैसी लग रही थी। उसे लगा वह किसी निर्जन ढूह पर खड़ा है। कोई पुरातात्विक टीला। समय और सभ्यताओं की अनेक परतों को अपने में समेटे। मौर्य-शुंग-कुषाण-गुप्तों की पायदानों वाली सीढ़ी थी जो इस टीले में जैसे धँसी थी और वह उसके ऊपर इस वक़्त खड़ा था। उसके सामने दूर किसी और समय में कोई शहर अपने दिन को ख़त्म कर घर की ओर भाग रहा था। उसने अपने नीचे देखा, कोई टीला या उच्च भूमि नहीं थी। बस वह अपने वक़्त से डिटैच हो गया था। उसने नज़र घुमाई, उसके पास भी कम-से-कम एक आदमी तो और खड़ा ही था। गोलगप्पे के ठेले वाला। और यह भी कोई कम तसल्लीबख़्श नहीं था।

फैरिस व्हील

अक्सर मेलों में उसने देखा था एक विशालकाय चक्करदार घेरे को। वह, जो ले जाता है लोगों को अपने में बिठाकर। ऊँचे, ख़ूब ऊँचे। इतने ऊँचे कि एकबारगी तो सबसे ऊपर पहुँचे लोग आसमान में कहीं गुम हो गए लगते हैं। पर फिर फिरता-फिरता, गोल-गोल घूमता, वही चकरा उन्हें नीचे ले आता है। नीचे आकर लोग फिर धीरे-धीरे अपने झूलते कमरों में बैठे ऊपर उठते जाते हैं। उनके आरोह और अवरोह का यह क्रम चलता ही जाता है, जब तक कि वह बड़ा-सा चकरा थम नहीं जाता। यह लोहे का विशालकाय घेरा मेला परिसर में चहल-पहल से थोड़ा हटकर लगा होता है। वैसे उसने अम्यूज़मेंट पार्कों में इस घेरे को स्थायी लगे हुए देखा था, पर उसकी स्मृति का गोल चकरा मेले में लगा बड़ा व्हील था जो मेला उखड़ने के साथ ही उखड़ जाता था, कहीं और लगने को। फिर किसी और मेले को आबाद करने को। मेले के मैदान से जब लोग शाम की तमाम ख़रीदारी से निवृत्त होकर घर लौटने को होते तो उनके साथ आए बच्चों की ज़िद उन्हें थके-थके क़दमों के साथ उस विशाल चक्र की तरफ़ ले आती। शायद इसमें उनके अंदर के बच्चे की ज़िद भी कहीं-न-कहीं शामिल होती। उस चक्र के आस-पास का माहौल बच्चों, ग़ुब्बारे बेचने वालों, आइसक्रीम के ठेले वालों, कचकड़े के खिलौने वालों, रंगीन पन्नियों के चश्मे बेचने वालों, मसखरों, बहुरूपियों वग़ैरह से आबाद रहता। तब यह लगता, काश! ये दुनिया एक कभी ख़त्म न होने वाला मेला होती!

उसने बचपन से अब तक क़स्बों और शहरों में मेले लगते देखे हैं। मेलों की सजावट में फ़र्क़ बढ़ते देखा है। उसे ठीक-ठीक याद नहीं कि उसने सबसे पहले मेलों में इस चक्करदार झूले को कब देखा था। उसे इतना ज़रूर याद

है कि जब उसने इसे पहली बार देखा था तब तक वह ख़ासा समझदार जैसा हो गया था।

यह भी कोई मेला ही था जो विशाल मैदान में लगा था। दशहरे पर रावण और उसके सहोदरों के पुतले यहीं जलाए जाते थे। पुतलों के पेट में आग लगने के बाद से कुछ देर चलने वाली आतिशबाज़ी से आसमान में रोशनी कौंधती रहती थी। और हवा में बारूद की गंध तो बहुत देर तक टँगी रहती। इस दिन के अलावा इस मैदान में कई बार ख़रीदारी के मेले लगते। वह कई बार इन मेलों में जाता था। अकेला भी, बल्कि अक्सर अकेला ही। ऐसा नहीं था कि मेले की रौनक़ उसके इन मेलों में जाने के पीछे बड़ी वजह थी। शुरू में तो वह ज़रूर रौनक़ के चक्कर में ही जाता था पर बाद में इन मेलों में जाने के पीछे कोई और ही वजह थी। वही लोहे का गोल घेरा। विशालकाय लौह चक्र, जिसके गंडोलों में लोग बैठकर ऊपर बादलों के पास तक जाते। और फिर आहिस्ता से ज़मीन पर लौट आते। मेले की रौनक़ से भी वह घेरा बड़ी आसानी से दिख जाता था। मेले वाले इसे लगवाते भी इसीलिए होंगे कि बाहर से आए परदेसी को भी दूर से घेरा देखकर पता चल जाए कि ख़रीद का कोई मेला चल रहा है। यह कुछ-कुछ बिजली के तारों से टँगे ताश के पत्तों-सा था जो दूर से भी हवा में फड़फड़ाते दिखकर शेरू उस्ताद के गाय छाप दंतमंजन का विज्ञापन करते।

गोल घेरा मेले में बिकते तमाम अंजनों-मंजनों का विज्ञापन था।

वह मेले में जाता और चकरे को देखकर ख़ुश हो जाता। फिर तो मेले में जाने के पीछे वजह ही यह व्हील हो गई थी।

एक बार मेला देखने के बाद जब वह लौटने को था, उसकी नज़र फिर उस विशाल चकरे के तरफ़ चली गई। मेले में घूमने के दौरान तो उसने कई बार इसे देखा ही था। इस बार उसकी इच्छा हुई कि इसे पास से देखा जाए। वह उस जगह चला गया जहाँ यह घेरा लगा हुआ था। वह गोल घेरा उसकी कल्पना से ज़्यादा बड़ा था और अधिक विशालकाय। मेले में दीखता गोल चकरा एक क़िस्म का रूमान पैदा करता था पर उसने जब उसे बिलकुल नज़दीक से इसके असल आकार में देखा तो अवाक् हो गया। जैसे वह किसी लौह दानव के सामने था। उसके और चकरे के बीच जो कुछ रेशमी और नर्म

था उसके साथ ठंडा और सख़्त भी जुड़ गया।

इस दैत्याकार चक्र को नज़दीक से देखकर उसके अंदर कुछ बदल गया। उसे लगा उसके अंदर कुछ चटक गया है। उसे यक़ीन था कि उसने कोई आवाज़ भी सुनी थी अपने अंदर कुछ टूटने की। वह उस विशाल घेरे को देखता रहा। उसमें लगे कई सारे छोटे-छोटे केबिन थे, जिनमें लोग बैठे थे। वह देर तक वहाँ खड़ा रहा। वह घेरा जब घूमने लगा तो उसे ऐसा महसूस हुआ जैसे वह उसमें बैठे लोगों को आसमान की सलेटी पपड़ी तोड़कर अंतरिक्ष के ठंडे अँधेरे में फेंक आएगा। पर कुछ ही देर में वह उन्हें नीचे ले आया। चकरा ऐसा ही करता रहा। वह कुछ को ऊपर से नीचे ले आता तो साथ-ही-साथ कुछ सवारों को अनंत ऊँचाई पर ले जाता। जब ऊपर से लोग नीचे आ जाते तो उसे राहत महसूस होती। वह प्रार्थना करता कि घेरा यहीं रुक जाए। पर वह फिर लोगों को ऊपर की ओर ले जाता। उसे इसमें संदेह भी होने लगा कि ऊपर से वापस नीचे पहुँचे लोग वही हैं जो कुछ देर पहले ही घेरे के साथ ऊपर चढ़ने लगे थे। उसका मानना तो यही था पर उसके भरोसे में ठोस जैसा कुछ नहीं था। क्या ऐसा तो नहीं हो रहा कि ऊपर जाकर यह घेरा उन लोगों को फेंककर कोई और ही चीज़ इंसानी शक्ल में नीचे पहुँचा रहा हो? 'पर इस तरह की सोच का भी कोई आधार नहीं है'- वह सोचने लगता।

उसकी बड़ी इच्छा हुई थी इस व्हील में बैठने की, पर साथ ही एक अजाना-सा डर उसके अंदर पलने लग गया था। उसे लगा कि इस डर की वजह कहीं-न-कहीं उससे ज़रूर है जो उसके अंदर कहीं बिड़क गया था, तिड़क गया था। उसे लगा यह व्हील असल में उसे ललचा रहा है। यह लगाया ही इसलिए गया है कि उसे ललचाकर अपने में बिठा ले और फिर कभी वापस न ले आए।

वह चकरे में कुछ ज़िंदा शै देखने लग गया था। कई बार उसने कोशिश की कि मेले में घूम लेने के बाद वह उस चकरे की तरफ़ देखे ही ना, पर बहुत दूर आ जाने के बाद जब वह पीछे मुड़कर देखता तो वह चकरा उसे ही घूर रहा होता। वह पूरे शहर से दिखाई देता था। उसके घर की छत से भी वह दिखाई देता था। इसका परिणाम आख़िर यह हुआ कि बाद में उसने, मेले के दिनों में, छत पर जाना छोड़ दिया था। फिर जब अंततः मेला ही उखड़ गया

तब जाकर वह चकरा भी उखड़ गया।

(हारुकी मुराकामी की किताब 'स्पुतनिक स्वीटहार्ट' में मियु नाम की महिला का ऐसे ही विशाल चक्र के गंडोला में रात में फँसे रहने का ज़िक्र है। बिग व्हील उसके कैबिन के ऊपर पहुँचते ही रुक जाता है और रात भर वहीं, ऐसे ही रुका रहता है। मियु वहाँ से दूरबीन के ज़रिये बिलकुल सामने ही दिखते अपने फ़्लैट को देखती है। फ़्लैट की खुली खिड़की से जो कुछ वह देखती है उसे देखकर वह हतप्रभ रह जाती है। फ़्लैट में वह एक वैकल्पिक यथार्थ में ख़ुद अपने को ही ऐसे आदमी के साथ बिस्तर पर देखती है जिसे वह सख़्त नापसंद करती है। वह आदमी उसे निर्वस्त्र कर उसके शरीर का भोग करता है। फ़्लैट में सोई 'दूसरी वह' उसके इस कृत्य में मूक सहमति-सी देती प्रतीत होती है। फैरिस व्हील में इतने ऊपर से ही वह एक दूसरे आयाम में चलती दुनिया देख पाती है।)

हाथ

उसके हाथ बेमेल थे। वे उसके व्यक्तित्व से मेल नहीं खाते थे। जहाँ वह सुंदर सुकुमार-सा था, उसके हाथ सख़्त थे। उसके सिर्फ़ हाथ देखकर कोई भी यह अंदाज़ा लगा सकता था कि वह किसी खदान में काम करता था। या फिर उसका काम हथौड़े से लोहा पीटना है। अंदाज़ा इस ओर भी जा सकता था कि छेनी से पत्थर काटने का काम भी वे हाथ बख़ूबी करते होंगे। वहीं चेहरे से वह मुलायम लगता था जिसे संरक्षण की दरकार थी। जहाँ हाथ उसकी उम्र का असल आईना थे वहीं उसका चेहरा जैसे उसका अपना गुज़रा हुआ कैशोर्य था। उस आदमी से मिलना हो तो उसके हाथ-से-हाथ मिलाओ, वर्ना उसका चेहरा आपको किसी बच्चे से मिलवाएगा। वह अक्सर हँसता नहीं था पर अगर उसे किसी बात पर हँसी आ जाए और उस वक़्त उसे कोई देख ले तो तो यही कहेगा कि कोई बच्चा हँस रहा है।

यद्यपि वह उम्र के लिहाज़ से बच्चा नहीं था।

उम्र उसकी ढलने लग गई थी। वह अपने पूरे आकार में कोमल प्रतीत होता था। बस उसकी हथेलियाँ खुरदरी थीं। एक बार किसी ने उससे हाथ मिलाने के बाद कहा था कि क्या वह काफ़ी वर्ज़िश वग़ैरह करता है। उसने इसका अनुवाद इस तरह मन-ही-मन में किया कि उसके हाथ मज़दूर के हाथों की तरह सख़्त हैं। उसे अपने सख़्त हाथों से परेशानी नहीं थी, बस उसे इसी बात से तकलीफ़ थी कि उसके हाथ बेमेल थे। वे बाक़ी शरीर के साथ असंगत थे। वह कई बार एक हाथ की उँगलियों को दूसरी हथेली के पीछे फेरा करता था। यह स्पर्श उसे सबसे ख़राब प्रतीत होता था। उसे लगता, वह काठ पर पर अपना हाथ फिरा रहा है और यह उसका हाथ नहीं हो सकता। एकदम बेजान

हाथ। ऐसा ही दूसरे हाथ के साथ करने पर एहसास होता।

किसी ने इसे चर्म विज्ञानी के नज़रिये से देखा और कहा कि चमड़ी की कोई अलर्जी है। किसी ने समुद्र विज्ञानी के नज़रिये से देखकर कहा, यह श्रमजीवी का हाथ है। और कोई इसे कौटुंबिक लक्षण मानता जो पीढ़ियों से चलकर उस तक आया है, और आगे भी जारी रह सकता है। एक ओझा ने कहा कि इसके मूल में कोई प्राचीन शाप है। उसका दावा था कि वह बता सकता है कि उसके किसी पूर्वज को क्या करने पर ऐसा शाप दिया गया था और जिसे आने वाली कई संततियों तक चलना था। उसे एक बार लगा कि उसे ओझा को पूछना चाहिए कि उसके पुरखे ने ऐसा क्या कर दिया था जिसका भुगतान उसे अब इतने साल बाद, न जाने कितने साल बाद, करना पड़ रहा है। और क्या मूल शाप अपनी तीव्रता में शक्तिहीन होता गया है या वैसा का वैसा ही है। अगर शाप ने अपनी शक्ति खोई है तो अपने मौलिक रूप में वह कितना कष्टकारी रहा होगा? वह इसमें दिलचस्पी लेता तो शायद शाप के बारे में और खुलासा हो सकता था पर बिना पूछे ही उस सिद्ध ने इतना और जोड़ दिया था कि ये शाप किसी स्त्री का दिया है। इस बात को जान लेने के बाद उसकी इस बारे में और जानने की रुचि ख़त्म हो गई। वह किसी भी रूप में अपने दादा का उपहास नहीं होने देना चाहता था। उसकी इच्छा जब इस दिशा के उपाय में थी ही नहीं तो इसमें आगे किसी दिलचस्पी का प्रश्न भी नहीं उठता था। असल में उसे अपने हाथों या कहें हथेलियों से कोई शिकायत नहीं थी। उसकी दिक़्क़त थी इनकी असंगति से। उसे लगता, उसके हाथ उसके नहीं हैं। उसके मस्तिष्क से भेजे जाने वाले संदेशों की अनुपालना करने में भी हाथ तत्पर थे। उसके सभी काम वही करते थे, उन्हीं हथेलियों में से किसी एक पर तिल देखकर उसकी प्रेमिका ने कहा था कि यह अच्छे भाग्य का प्रतीक है। इन सबके बावजूद वह अपने हाथों से ख़ुश नहीं था। अपने ही हाथों को लेकर उसकी नाराज़गी जायज़ नहीं थी। उसकी प्रेमिका ने कभी हाथों को लेकर ऐसी कोई प्रतिकूल लगने वाली टिप्पणी नहीं की थी। यद्यपि उसने यह भी कभी नहीं कहा था कि उसे उसके हाथ कुछ ख़ास ही प्रिय हैं। उसे याद आया कि वह अपनी प्रेमिका का हाथ अपने हाथ में लेना प्राय: स्थगित करता रहा है। वह अपने हाथ उसके कंधों पर ज़्यादा रखता है। या फिर कटिप्रदेश

के गिर्द। पर यह भी तय है कि आप किसी से प्रेम करें और वह आपका हाथ अपने हाथ में न लें, ये हमेशा चलते रहना संभव नहीं है।

वह कुछ-कुछ डरने लगा। कहीं प्रेमिका उसके हाथ की वजह से उसे छोड़ न दे। अभी इसकी संभावना नहीं थी, बल्कि वह ऐसा सोच भी नहीं सकता था, पर आगे प्रेम की सड़क में कितने बल हैं, कहा नहीं जा सकता। उसने नारियल का तेल अपनी हथेलियों पर लगाना शुरू कर दिया। फिर भी उसे लगा हाथों का रूखापन गया नहीं है। हथेलियों की त्वचा पगथलियों की चमड़ी की तरह सख़्त ही बनी रही। वह झुंझलाकर सोचता, भगवान ने मेरी हथेलियाँ बनाते वक़्त गाय के खुर की सामग्री तो काम में नहीं ली थी कहीं। वह ज़्यादा मात्रा में नारियल के तेल का इस्तेमाल करने लगा। कई-एक बार वह जैतून का तेल भी ले आया पर उसे लगा हर लिहाज़ से नारियल का तेल ठीक है। उसकी हथेलियाँ अतिशय स्नेहन के कारण धूल मिट्टी को चिपकाती जातीं और फिर वे गंदी काली-सी नज़र आने लगीं। पर वह हाथ धोकर फिर तेल लगाना नहीं भूलता। उसकी प्रेमिका ने भी इस बात को नोट कर लिया। काफ़ी अरसे तक उसने इशारों-इशारों में ऐसा ही कुछ इससे संबंधित कह दिया पर कोई औपचारिक शिकायत नहीं की। पर जब उसके सलवार और कुरते पर चीकट लगने लगी तो उसने शिकायत नहीं की, बल्कि वह ज़ोर-ज़ोर से रोने लगी। शिकायत की स्थिति को लाँघकर सीधे ही यह आगे की अवस्था में पहुँचना था। उसके इस रुदन में उसे छोड़कर जाने का फ़ैसला भी साफ़ सुनाई दे रहा था।

अब तक उसके घर में नीले प्लास्टिक का ढेर लग चुका था। जहाँ देखो वहाँ नारियल के तेल की शीशियाँ। सँकरे मुँह वाली, चौड़े मुँह वाली। छोटी, मँझली और बड़ी, सब तरह की। लेकिन उसके हाथ अभी भी मुलायम होने की माँग कर रहे थे।

कमरा

बड़ा होने पर तो उसे रोकने वाला कोई नहीं था, पर बड़ा होने तक उसे उस कमरे में कभी जाने नहीं दिया गया। वह घर का सबसे पीछे का कमरा था। वह घर का सबसे पुराना कमरा भी था। उसे उस घर में हमेशा वह कमरा ही दिखाई देता। घर में बार-बार वह चलकर उस कमरे की तरफ़ बढ़ जाता। और उसके छोटे से दरवाज़े से अंदर झाँकने की कोशिश करता। कमरे में अँधेरा ही होता। कुछ देर वह वहीं खड़ा रहता, ताकि उसकी आँखें अँधेरे की अभ्यस्त हो सकें और उसे कुछ दिखाई दे। कुछ देर बाद उसे कमरे की लाल छत दिखती। लकड़ी की पतली-पतली पट्टियों के साथ गोबर और मिट्टी से बनी छत। गेरुये लाल रंग से रंगी छत। वह छत इतनी नीचे थी कि अगर कोई वयस्क उस कमरे में जाता तो उसे झुककर ही चीज़ें तलाशनी पड़तीं। चीज़ें उस कमरे में बहुत थीं और कमरा अँधेरे से भरा था। ऐसे में चीज़ें ढूँढ़ने के लिए रोशनी करने की ज़रूरत पड़ती। अक्सर यह रोशनी बाहर से ढिबरी की शक्ल में लाई जाती। ढिबरी की दुर्बल रोशनी में आँखें हमेशा चीज़ें ढूँढ़ नहीं पाती थीं इसलिए हाथ का स्पर्श भी चीज़ों को देखने में मदद करता था। एक तरह से हाथ फिराकर भी चीज़ों को देखना पड़ता था। इसी तरह कई बार चीज़ों को सूँघकर भी ढूँढ़ा जाता था। और ऐसा सिर्फ़ रोशनी की कमी की वजह से ही नहीं था। कमरे की ज़्यादातर चीज़ें तो इतने बरसों से अविचल पड़ी थीं कि वे अपने ढूँढ़े जाने का विरोध करती प्रतीत होतीं। वे अक्सर सामने पड़ी होकर भी दिखने से बच जातीं। इसलिए उन्हें ढूँढ़ने के लिए एक समग्र नीति की आवश्यकता पड़ती।

कमरा घर में सबसे पुराना था। वह घर से भी पुराना था। वही एक तरह

से घर था। बाक़ी सब कुछ जैसे उसी का विस्तार। एक पुराना ताला दरवाज़े की कुंडी के साथ ही लटका रहता, ताकि कमरे को काम ख़त्म होते ही बंद किया जा सके। पर दरवाज़ा दिन में खुला ही रहता क्योंकि घर में रह रहे लोग उसके भीतर बाहर आते-जाते रहते। उस कमरे से सामान कम ही बाहर आता था। ज़्यादातर तो सामान उसके भीतर ही जाता रहता, पर वह सिर्फ़ स्टोर नहीं था। एक तरह से संग्रहालय था। चीज़ों से भरा एक अव्यवस्थित संग्रहालय। सिर्फ़ चीज़ें ही क्यों, उस कमरे में कई दिन, वार, महीने और बरस भी जमा थे। भीतर वक़्त की दराज़ों में न जाने कितने ही बरस अटे पड़े थे। समय का कभी हासिल न किया जा सकने वाला हिस्सा भी किसी ख़राब टेबल घड़ी के रूप में अंदर कहीं ठुँसा पड़ा था। पर वह कमरा किसके लिए ये सब इकट्ठा करता था? मालूम नहीं पर कमरे में काफ़ी कुछ इकट्ठा हो चुका था। शायद कमरा बरसों से सामान जमा करते-करते अपना एक ख़ास दिमाग़ विकसित कर चुका था। अपने सामान को लेकर उसमें एक ख़ास तरह का अधिकारबोध आ चुका था। या शायद कमरे और उसके सामान में कोई जैविक रिश्ता क़ायम हो चुका था। तभी तो चीज़ें भी कमरे में आने वाले लोगों से बचती रहती थीं। वे अपने पहचाने जाने के विरुद्ध खड़ी होती प्रतीत होती थीं।

कमरे ने घर के कुछ पूर्वजों को भी अस्थियों के रूप में अपने भीतर जमा कर रखा था। इन पूर्वजों ने अपने जीवन काल में इस कमरे के फ़र्श पर अपने पाँवों के निशान छोड़ रखे थे। कमरे के ताप में उन पद-छापों की कितनी ऊष्मा शामिल थी, कहा नहीं जा सकता।

उसे शुरू से ही इस कमरे में जाने से मना किया गया था। वह अंदर जाना चाहता था पर एक डर उसके मन में पहले से ही घर किया हुआ था। असल में कमरे में एक छोटा-सा तहख़ाना भी था। उसकी पहली ज़िद पर घर के लोगों ने उसे बताया कि तहख़ाने में एक जानवर रहता है। और वह जानवर कभी भी आकर उस अँधेरे कमरे के किसी कोने में बैठ जाता था। अगर उस कमरे में कोई बच्चा चला जाए तो हो सकता था कि वह जानवर उसे खा जाता।

यह कारण बहुत बड़ा था। उसने अपने बड़ा होने तक कभी उस कमरे के भीतर जाने की कोशिश ही नहीं की, पर कमरा उसे हमेशा आकर्षित करता रहता था। घर में लोग इधर-उधर चलते-फिरते, पर वह कमरे के छोटे दरवाज़े

के पास बैठा रहता और उसकी आँखें टकटकी लगाए अंदर के अँधेरे को भेदने की कोशिश करती रहतीं। अंदर सूचीभेद्य अंधकार था। कई बार उसे लगता कमरे के अंदर से एक जोड़ी आँखें उसे देख रही हैं। वह डरकर तब वहाँ से चला जाता। पर कई बार हिम्मत करके वह अपनी विस्फारित आँखों से सिर्फ़ देखता रहता। तब फिर कुछ देर बाद कमरे की लाल छत उसे दिखने लगती। उसे घूरती वे आँखें भी तब ग़ायब हो जातीं। असल में वह उस जानवर को देखने की ज़िद में यह हिम्मत जुटा पाता था कि कभी तो ऐसा होगा कि वह तहख़ाने से उस कमरे में टहल करने आया हो और उसे वह देख ले। उसने मन-ही-मन संभावनाएँ जता रखी थीं कि वह जानवर क्या हो सकता था। उसकी सोच थी कि वह शायद घड़ियाल हो सकता है क्योंकि अगर कुत्ता होता तो उसके ग़ुर्राने की आवाज़ भी ज़रूर कभी-न-कभी सुनाई देती। जब वह बड़ा हुआ तो उसे तहख़ाने में जानवर वाली बात पर ख़ुद-ब-ख़ुद भरोसा नहीं रहा। पर उसके मन में कमरे के भीतर जानवर की गाढ़ी उपस्थिति बनी रही और जब एक बार मौक़ा आया तो जानते हुए भी उसने तहख़ाना खोला कि शायद जिस जानवर की अरसे से वह प्रतीक्षा करता रहा है, जानवर भी उसकी प्रतीक्षा में बैठा मिलेगा। पर जब तहख़ाना खुला तो बरसों अंदर फँसे अँधेरे और हवा का मिला-जुला एक ठोस आकार उससे आकर टकराया। अंदर पुराने कपड़ों, धात्विक बर्तनों, पांडुलिपियों, एक ताम्रपत्र, और तांबे के सिक्कों के अलावा कुछ भी नहीं था। कोई जानवर नहीं था। वह बच्चा नहीं रहा था पर फिर भी उसने तहख़ाने के हर कोने में रोशनी घुमाई। जानवर की अनुपस्थिति से वह एक ख़ालीपन महसूस करने लगा। उस शून्य की तीव्रता इस बात से और बढ़ गई कि वह जानवर सिर्फ़ एक प्राचीन हिदायती क़िस्से की सर्जना भर था।

वह कमरा किंवदंतियों से भरा था। "क्या कमरे में वाक़ई ठोस छूने लायक़ चीज़ें भी थीं? या कि सिर्फ़ क़िस्से और कहानियों से ही कमरा भरा था, अटा था? क्या पुरानी सारी चीज़ें किंवदंतियों में बदल गई थीं? क्या कमरे में पूर्वजों की अस्थियों ने भी अपना भार छोड़ दिया था? क्या जहाँ उनकी अस्थियाँ रखी थीं वहाँ अब सिर्फ़ पवित्र जल में प्रवाहित होने की चिर प्रतीक्षा ही शेष थी?" कभी-कभी वह इस तरह के सवालों से भी दो-चार हुआ करता था।

स्मृति में जुगनू

उसकी स्मृतियों में जिस कीट की फड़फड़ाहट सबसे ज़्यादा थी वह जुगनू था। उसकी स्मृतियों में जिस दीये का उजाला सबसे ज़्यादा था वह जुगनू था। उसकी स्मृतियों में देर शाम गाँव के जिस तालाब का पानी झिलमिलाता था उसमें क्षीण कौंध जुगनू की थी।

उसकी याद में उमस भरी हर रात में ऊपर बादलों से रिसती सितारों की हल्की रोशनी थी तो उसी रात ज़मीन पर जुगनुओं की हल्की दिप-दिप भी।

और फिर भी बात सच थी कि उसने जुगनुओं को कभी देखा नहीं था। सच में उसने जुगनुओं को कभी नहीं देखा था। वह एक अलहदा जगह का बाशिंदा था। अलग तरह की आबो-हवा थी उस जगह की जहाँ से वह आता था। उसके घर के आस-पास सूखी, गर्म रेत उड़ती रहती थी। उसके घर से कई सौ मील दूर तक सूखी रेत उड़ती थी। पीली रेत हर जगह पीछा करती थी। रेत का रंग कुछ ऐसा था कि वह तय नहीं कर पाता था कि वह पीली थी या भूरी। रंगों में हरे को वह सबसे कम जानता था। पीला और भूरा, दो रंग ऐसे थे जिन्हें वह सबसे ज़्यादा पहचानता था। उसकी दुनिया असल में पीली और भूरी ही थी। वह एक तप्त, सूखी, बेरंग होने की हद तक भूरी-पीली भूमि का बाशिंदा था। इसलिए बहुत संभव था उसके अपने परिवेश में जुगनू की कोई हिस्सेदारी नहीं थी।

बावजूद इसके, अगर स्मृतियाँ भौतिक तुलाओं से तौली जा सकतीं, तो उसकी यादों के कुल भार का कई तोला वज़न जुगनुओं के हिस्से था और... और यदि स्मृतियाँ बड़े तराज़ुओं से तुलतीं, तो कई सेर भार जुगनुओं का था उसके भीतर। और अगर स्मृतियों से कोई गाँव बसाया जा सकता, उसमें जुगनू

उस गाँव के बड़े से तालाब के जल में वैसी ही हल्की चमक से कौंधते।

बड़ा मुश्किल होता है सोचना कि हमारे स्मृति लोक में ऐसी भी कोई चीज़ हो जिसे हमने अभी तक देखा न हो और उससे भी मुश्किल होता है यह सोचना कि उसका वज़न और आकार भी इस क़दर बड़ा हो।

वह इस कीट के बारे में अक्सर सोचता रहता था। मतलब जब भी मौक़ा हाथ लगता। और इस नाम के दिमाग़ में आते ही एक जलता-बुझता-सा चित्र भी उसके दिमाग़ में बनने-बिगड़ने लगता। जुगनू की छवि उसके दिमाग़ में स्थिर कभी नहीं हो पाई। वह हमेशा बनती-बिगड़ती रहती थी। कभी उस छवि में बेहद नन्हा-सा कीट होता जो एक चमक को लिए मँडरा रहा होता, कभी सिर्फ़ रोशनी का नन्हा-सा घेरा ही उस छवि में दीखता। इस घेरे की रोशनी दीवाली पर छूटती रंगीन दियासलाई की धुएँदार ऑलिव ग्रीन रोशनी की तरह होती।

जुगनुओं के बारे में पढ़ने से, किसी और के मुँह से सुनने भर से या गल्प-कथाओं में रखी किसी बोतल में इन्हें चमकते देखने से यह रिश्ता नहीं बना था। अगर ऐसा होता तो उसकी स्मृति में हमिंग बर्ड, पांडा या कोई कीटभक्षी पौधा भी इसी तरह की जगह अख़्तियार किए होता। किन्हीं अदेखी सुंदरताओं के बारे में सोचने भर से स्मृति के पात्र में उनका आयतन नहीं बनने लग जाता। सिर्फ़ सोचकर उन्हें स्मृति के अंश नहीं बनाया जा सकता। चीज़ें हमारी स्मृति की दलदली भूमि में धँसकर मैंग्रोव की तरह बाहर फूटती हैं तब कहीं जाकर एक जैविक रिश्ता बनता है।

उसकी स्मृति में जुगनू रोशनी की मूल इकाई की तरह से थे शायद। उसके लिए रोशनी का मतलब जुगनू से था। वह रोशनी को जुगनुओं से ही मापने लगा था। एक दीये की रोशनी यानी एक हज़ार जुगनू। एक बल्ब की रोशनी दस हज़ार जुगनू। दीवाली की रात पूरे ब्रह्मांड के जुगनू धरती पर उतर आया करते थे।

उसकी स्मृति में जुगनू थे। वह स्मृति को जुगनुओं के सहारे देखता था। यद्यपि उसने जुगनू कभी देखे नहीं थे।

सड़क और बिजली के खंभे

इस चौराहे से उस चौराहे तक सीधी सड़क थी। सड़क के बीच डिवाइडर पर बिजली के खंभे थे जिनसे सड़क के दोनों ओर रात को रोशनी गिरती थी। ये खंभे उन्नीसवीं सदी के किसी यूरोपीय शहर में लगे लैंप पोस्ट का लुक देते थे। हर खंभे पर पॉलिश इस तरह की हुई थी जिससे लगता था वह कुछेक सदियों से ठीक इसी सड़क पर हज़ार बारिशों में नहा चुका था, पर यह सब दिखावटी था। सड़क की पूरी लंबाई में खंभे कुछ महीनों पहले ही लगाए गए थे। नगर के चुने हुए प्रतिनिधियों की संस्था का मानना था कि यह इस ऐतिहासिक शहर को हेरिटेज लुक देते हैं जबकि कुछ और लोग इसे प्रतिनिधि संस्था के सदस्यों के घर चूरमे का इंतजाम भर मानते थे। जो भी हो, यह कहा जा सकता है कि इस तरह की व्यवस्थाओं से शहर की सुंदरता बढ़ती है। बाहर से आए किसी नए आदमी को तो ये सब और भी सुंदर लगता है। ख़ासकर तब जब ट्रैफ़िक सड़क के साथ चौराहे तक एक आरामदायक प्रवाह में चल रहा हो और गाड़ियों की आती और जाती धाराएँ कोलतार पर जैसे फिसल रही हों।

लेकिन इस सड़क के साथ ऐसा नहीं था। यहाँ ट्रैफ़िक का प्रवाह सहज नहीं था। बल्कि वह, कह सकते हैं, कई जगहों पर अराजक था। वह जगह-जगह पर पानी में चूने की तरह फूटता था, खदबदाता था।

लोग इस सड़क को कई जगहों से लंबवत काटते थे। वे सड़क को आड़ा, तिरछा, समकोण, न्यून कोण, हर कोण से काटते थे। वे सड़क के एक किनारे से दूसरे किनारे तक, डिवाइडर पर चढ़ते हुए, पहुँच जाते थे। बीच का डिवाइडर बिना रेलिंग लगा था और उसे आसानी से लाँघा जा सकता था। लोग इसका फ़ायदा उठाते थे और बेख़ौफ़ सड़क को पार कर जाते थे। और

ऐसा करने के दौरान वे तेज़ गति से आती गाड़ियों के टायरों को चीखते और लगभग रुकते, धीमा पड़ते देखते। गाड़ियों की गति में इस असहज क्रम-भंग के बावजूद सड़क पर झगड़ा-वगड़ा कम ही होता। किसी पैदल चलने वाले को चोट वग़ैरह भी कम ही लगती थी। कभी लगती भी तो सब कुछ इतनी जल्दी और इतनी आसानी से सीन पर से पोंछ दिया जाता कि सड़क की, बल्कि किसी की भी स्मृति में यह सब दर्ज ही नहीं होता था। पर किसी तमाशे के अभाव के बावजूद लोगों के सड़क के विरुद्ध चलने से सड़क की सुंदरता बाधित होती थी। सड़क पर इस तरह की अराजकता उसके राजसी वैभव को ठेस पहुँचाती थी। असल में सड़क का भरपूर हुस्न देखना हो तो रात बारह से सुबह छह बजे के बीच ही इसके चौराहे से देखना चाहिए। इसी एक अवधि में सड़क रोशनी के ख़ुमार में डूबी किसी सुंदरी-सी लगती थी। इस अवधि में सड़क अपनी दिव्य ऊँघ में डूबी रहती। बीच-बीच में कोई गाड़ी आकर निकल जाती। सड़क बेपरवाह ही अपने एकांत में सोई रहती। किनारे के किसी एटीएम के काँच के दरवाज़े के पार हरी रोशनी कार्ड स्लॉट के ऊपर दिप-दिप कर इसके सेवार्थ प्रस्तुत होने की सूचना देती। दिनभर की थकान और गाड़ियों की बेवजह चीख़ों से परेशान सड़क के यह निढाल पड़े रहने का वक़्त था। कोई इसमें भव्यता ढूँढ़ना चाहे तो उसकी मर्ज़ी।

दिन में सड़क पर लगभग उस हाट मेले का माहौल रहता जिसमें ज़्यादातर अफ़रा-तफ़री मची रहती हो। यह पता करना मुश्किल था कि सड़क से आड़े-तिरछे गुज़रते लोगों में से कितने लोगों के लिए इस सड़क पर चलना रोज़ का क्रम था। कोई बेहद चतुर जासूस जो महीनों इस सड़क को घंटों देखता रहे वही नोट करेगा कि एक आदमी रोज़ दिन में कई-कई बार इस सड़क को डिवाइडर लाँघकर पार करता है। वह आदमी स्टेशनरी की दुकान पर काम करता है और दुकान के सामने सड़क के उस पार एलआइसी शाखा के पास के ख़ाली प्लॉट के कोने में वह कई बार लघुशंका निवारण को जाता है। दुकान से जाते समय उसकी चाल में सुस्ती रहती है और आराम से चलते-चलते ही वह कान पर जनेऊ खींचकर लपेट लेता है। वापस आते समय वह आदमी थोड़ा अधिक सतर्क है। दुकान पर नए ग्राहक आ गए हैं। यह उस आदमी का रोज़ का क्रम है। आराम से जाना और लौटते समय

चौकन्ना रहना, यह उसके लिए जैसे नियम-धर्म था। कोई ज़रूरत नहीं थी ऐसा करने की, बल्कि अगर वह इसका उल्टा करता, यानी चौकन्ना जाता और आराम के साथ लौटता तब भी क्या फ़र्क़ पड़ना था। लेकिन यह उसका उसूल-सा था। यह सड़क के साथ उसका विशिष्ट रिश्ता था जिसमें उसकी भूमिका स्थिर हो गई थी।

इसी लाइन में पोस्ट ऑफ़िस के डब्बे से लगी चाय की थड़ी पर एक लड़का कप-प्लेट धोता है। उसे सड़क के ट्रैफ़िक से मतलब नहीं हैं। वह टीवी पर आने के सपने देखता है। वह चाय पीने की तलब लिए आने वाले ग्राहकों से टीवी की ही बातें करता है। कई ग्राहकों को वह टीवी में काम करने वाला मानता है और उनसे अपने लिए मदद करने को कहता है। ग्राहक बड़ी विनम्रता से उसे बताते हैं कि वे कोई टीवी वग़ैरह में काम नहीं करते पर वह मानने से इनकार ही करता है। कई बार तो वह दावा भी करता है कि उसने उन्हें टीवी पर एंकरिंग करते देखा है। ग्राहक इस बात पर हँस देते हैं।

पास में ही वैष्णव ढाबा है। इसकी चिमनी से निकलता धुआँ आसमान में कालिख जमा करता है। रिसेप्शन पर एक मोटा-सा आदमी बैठा रहता है। उसके गले में सोने का वज़नी हार है, कलाई में सोने का ही ब्रेसलेट। उसने ख़ूब सारी अँगूठियाँ पहन रखी हैं। ढाबे से गर्म रोटियों की ख़ुशबू के साथ खट्टे दही की गंध भी आती है।

अगले चौराहे से कुछ पहले सरकारी अस्पताल है। इस वजह से इधर की पूरी सड़क पर मरीज़ों और उनके परिजनों के आने-जाने का दृश्य ही स्थायी रहता है। अस्पताल के बाहर दवाइयों की दुकानें हैं और उनसे लगते फ्रूट के ठेले। फ्रूट के ठेलों पर ज़्यादातर मुसम्मियों के ढेर लगे हैं। अस्पताल के बाहर एक कोने में नक़ली दाँत बनाने वाले ने भी जगह घेर रखी है। उसका काम कम जगह में ही चल जाता है। एक लकड़ी के बक्से पर उसने कुछ नक़ली दाँत सजा रखे हैं। ये बिना मुँह और चेहरे के भी हँसते हुए लगते हैं। कुछ शीशियाँ हैं जिनमें नामालूम द्रव भरे हैं। इस देशी हुनरबाज़ के पास कुछ ऑटो वाले हर वक़्त सवारियों के इंतज़ार में रहते हैं।

ये सब और कितने ही अन्य दृश्य मिलकर सड़क के संसार का निर्माण करते हैं।

सड़क सिर्फ़ एक काली पट्टी भर नहीं थी। वह एक लंबी, निरंतर घटित होती दृश्यावली थी।

सड़क दिनभर इन्हीं सब में खोई रहती। उसके डिवाइडर पर लगे बिजली के खंभे अपने दोनों ओर की सड़क का पता बताने की कोशिश करते हैं।

कोलतार की शै

इस शहर की एक सड़क ऐसी थी जो उसके दैनंदिन विश्व के भूगोल से बाहर लगती थी। यह किसी अजाने क़स्बे की सड़क लगती थी, यद्यपि ये थी उसी शहर में जिसमें वह रहता था। वह शहर की आंतरिक संरचना का भाग नहीं लगती थी। वह शहर के अंगों-उपांगों में से कोई एक नहीं लगती थी। ऐसा सिर्फ़ उस सड़क के मिज़ाज के कारण नहीं था। न जाने क्यों उसका रंग भी शहर की बाक़ी सड़कों जैसा नहीं था। वह काली न होकर हरी, मटमैली-सी दिखती थी। और क़रीब आने पर वह किसी और तरह के हल्के रंग में दिख जाती थी। वह कोई पुरातात्विक रचना नहीं थी यद्यपि वह कई प्राचीन इमारात के क़रीब से सकुचाती-सी चलती थी। सड़क की ऊपरी ओपदार परत इतनी आश्वस्त करती थी कि जैसे आस-पास के पुरातात्विक मलबे को वह अकेली थिर रखे हुए थी। यूँ वह दिखने में ठोस थी पर उस पर चलते वक़्त लगता था जैसे वह रेत पर चल रहा हो। क़दम रखते ही जूते के ठीक नीचे का हिस्सा किसी मख़मली चूर्ण में बदल जाता था और आगे बढ़ते ही सारे अणु जैसे सटकर फिर से ठोस रूपाकार में आ जाते थे।

उसका उस सड़क पर जाना कम ही होता था, पर उस पर चलना जैसे उस के साथ चलना होता था। शहर की बाक़ी सड़कें ख़ुद मुर्दा लगतीं सिर्फ़ उनके गिर्द का परिदृश्य ही ज़िंदा कहा जा सकने वाला था। इस एक सड़क के साथ ऐसा नहीं था। वह कभी भी एक निर्जीव काली पट्टी नहीं लगी, बल्कि वह करतब करने वाली कोई शै लगती थी। वह नगर की प्राचीन प्रोलों के भीतर से गुज़रकर कई घरों और आटा चक्कियों से सटकर चलती थी। वह ब्लाउज़ मैचिंग की दुकानों को क़रीब से झाँकती चलती थी। उसके ठीक

ऊपर लटके बिजली के समानांतर तार अपने ऊपर के आसमान को इस तरह प्रस्तुत करते थे जैसे वह कोई सलेटी आईना हो और अगर उसमें सड़क का प्रतिबिंब देखा जा सकता तो वह तारों पर झूलती नज़र आती।

सड़क सबसे चुलबुली तब लगती जब वह पतंग और माँझे की दुकान के पास होती थी। सड़क से समकोण पर जिस जगह एक गली टिकी थी, यह दुकान ठीक वहीं थी। यहाँ सड़क बच्चों के शोर और साइकल की घंटियों से गूँजती रहती। ऐसा नहीं है कि सड़क इसी जगह शोर करती थी, बल्कि वह हर कहीं एक बोलती सड़क थी। सड़क पर वैसे भी ट्रैफ़िक ठसाठस और निस्बतन सुस्त ही रहता था। यहाँ पर खड़ी, रेंगती और चलती गाड़ियों का अपना शोर था। इस पर ट्रैफ़िक चलने और रेंगने की गति में ही सीमित रहता था पर जहाँ-जहाँ इसके साथ गलियाँ मिलने आती थीं, वहाँ तो वह रुँधा हुआ ही मिलता। फिर किसी की पहल पर वह रफ़्तार पकड़ने लगता। अगर कोई पहल न करे तो किसी को कोई जल्दी नहीं थी। शहर की मुख्य कही जाने वाली सड़कों पर जो जल्दबाज़ी मची रहती थी, वह यहाँ नहीं दिखती थी।

इस सड़क पर सब कुछ बहुत क़रीब से और चुपचाप घटता था। लोग आपस में रगड़ खाकर गुज़रते तो भी नज़रंदाज़ कर चले जाते थे।

इस जादुई सड़क पर चलते समय वह आदमी बार-बार चिकोटी काटकर अपने 'इसी दुनिया में बने होने को' साबित करता था।

बाज़ार और बेंचें

एक लंबी सड़क थी जिसके दोनों ओर शृंखला में दुकानें ही दुकानें थीं। सड़क के इस तरफ़, और सामने दुकानों के बीच फ़ासला बहुत कम था। सड़क एक पतली-सी पट्टी थी। एक ग्राहक को सड़क लाँघकर सामने जाने की ज़रूरत नहीं थी। वह लगभग फुसफुसाकर भी सड़क के उस ओर की दुकान वाले को अपनी कोई बात कह सकता था या किसी चीज़ के बारे में पूछ सकता था।

सड़क एक निरंतरता में पुराने बाज़ारों से होकर चलती थी। यानी दोनों ओर की पच्चीस-पचास दुकानें एक ही तरह की चीज़ों से पटी पड़ी होतीं फिर उससे आगे नए ही तरह के सामानों से भरी दुकानें आ जातीं। पान, सुपारी, तमाखू, रस्सियाँ, मूँज, चूर्ण वगैरह की चीज़ों का मार्किट ख़त्म होता तो कपड़ों का शुरू हो जाता। कपड़ों का बाज़ार पीतल, काँसे और स्टील के बरतनों की दुकानों से मिलकर विदा लेता था। धात्विक बरतनों से टनकता यह बाज़ार आगे उस बाज़ार के आने पर ख़त्म हो जाता जहाँ चूड़ियाँ, मालाएँ, नक़ली आभूषण, रेडीमेड कपड़े वग़ैरह मिलते थे। दुकानों का सिलसिला एकबारगी एक पुराने मंदिर के चौक में ख़त्म हो जाता था। मंदिर का चौक छोटा ही था पर अब तक चले आ रहे संकरे रास्ते के लिहाज़ से बड़ा और खुला-खुला-सा लगता था। यहाँ ज़्यादातर अधेड़ और बूढ़े लोग जमा होते थे। वे इस चौक के आस-पास ही कहीं खड़े या बैठे रहते थे। व्यावसायिक प्रतिष्ठान और बाज़ार सुबह दस-ग्यारह बजे के आस-पास गर्म होते और रात आठ-नौ बजे के क़रीब ठंडे पड़ने लग जाते। पुराने बाज़ार देर रात तक नहीं चला करते। इसलिए यहाँ के बाज़ार भी दिन के बाज़ार ही थे पर ये मंदिर-चौक सुबह

जल्दी चेतन हो जाता और रात में बाज़ार बंद हो जाने के बाद भी हल्की चहल-पहल बनाए रखता। दिन में बेशक इसकी गतिविधियाँ अपने उच्चतम बिंदु पर रहतीं।

चौक में कबूतरों के लिए अनाज के दाने भी एक ओर फेंके जाते थे। सुबह की धूप में कबूतरों के झुंड समूह-भोज में व्यस्त हो जाते थे। आस-पास बैठे वृद्धजन पार्श्व में बजती कबूतरों की गुटरगूँ से बेपरवाह आपस में बातें करते रहते थे। यहाँ कुछ ठेले वाले भी थे जो कुल्फ़ियाँ और नर्गिस कोफ़्ते एक साथ बेचते थे। इन ठेलों के आस-पास भिखारी भी खड़े रहते जो दिनभर में कुछ-न-कुछ पा ही जाते थे। वक़्त के साथ इन भिखारियों के चेहरों से दयनीयता जाती रही थी। समुदाय और व्यक्ति दोनों रूपों में भिखारी अपरिचित ही बने रहते हैं। एक ही मोहल्ले में आने वाले भिखारी सालों बाद भी वहाँ रहने वालों से दोस्ती का रिश्ता नहीं जोड़ पाते। पर यहाँ के भिखारियों ने अगर अपने चेहरे से बेचारगी का अस्त्र खोया था तो 'अनौपचारिक होकर माँगने' का बख़्तर भी पहन लिया था। वे इस चौक में माँगने को हक़ की तरह इस्तेमाल कर किसी को भी चिढ़ा देने की हद तक परेशान कर देते थे। और लोग बिना परेशान हुए उन्हें कुछ-न-कुछ दे देते थे। यह इस स्थान पर आने पर किसी अनुष्ठान की तरह किया हुआ काम ही था जैसे।

कई बार भिखारी भीख प्राप्त कर लेने पर इस तरह ठहाका मारते थे जैसे देने वाला कोई बेवक़ूफ़ हो। आश्चर्यजनक रूप से उनका ठहाका ठोस अट्टहास जैसा होता था। इनमें से कइयों के जबड़े दृढ़ थे जो उन्हें इस तरह के ठहाके लगाने का पर्याप्त हौसला मुहैया कराते थे। कई एक भिखारियों के पेट पर ठीक-ठाक चर्बी जमा हो गई थी।

कोई नया आदमी भिखारियों के इस तरह ठहाका लगाने पर झेंप जाता। उसे यह समझ नहीं आता, पर जिनके लिए यहाँ आना रोज़ का काम था वे इस पर ध्यान नहीं देते थे।

पतली सड़क और ऊँची दुकानों के सिलसिलों के बीच, मंदिर-चौक की तरह कई और चौड़े स्थान बीच-बीच में आते रहते थे। सड़क दोनों ओर दुकानों की लंबी श्रृंखला के बीच की संकीर्ण विभाजक रेखा थी। ये लाइन से दुकानें मध्यकालीन बाज़ारों के हिस्से थीं। बाज़ार अगर कहीं थक जाते तो वे

एक छोटे चौक में सुस्ताने लगते। इन अवकाशों में हवा अपेक्षाकृत पतली और स्फूर्त होती। लोग अपनी हड़बड़ी छोड़ आराम की मुद्रा में रहते। और यहाँ से निकलते ही फिर दुमंज़िला, तिमंज़िला दुकानों की लड़ियों में लोग दम भर साँस के लिए भी परेशान हो उठते और कोई चौक जैसी निस्बतन खुली जगह की चाहना करने लग जाते। लंबे सँकरे मार्ग के बीच-बीच में हवा से नहाए खुले चौक दुकानों के साथ चलते चले जाने वाले लंबे रास्ते के भी सुस्ताने के ठिकाने थे, जो याद दिलाते थे कि मंज़िल से ज़्यादा रास्तों के बीच पड़ी बेंचें चाहत जगाती हैं।

सन्नाटा

कितनी उजाड़ और अकेली है यह जगह! बरसों का अकेलापन जमा होते-होते इतना सघन हो गया है कि यहाँ आते ही आप उसे छूकर बता सकते हैं। यह तय है कि यहाँ कहीं पर भी स्पर्श करेंगे तो कुछ एकांत आपकी उँगली के पोर पर ज़रूर चिपक जाएगा।

यह एकांत बिलकुल विशुद्ध एकांत-सा है। अपनी तात्विक रचना में सिर्फ़ एकांत से बना। बिलकुल भावहीन, निरपेक्ष एकांत। इस जगह को इसी एकांत ने इसे एक बर्बाद उजाड़ में तब्दील कर रखा है। यहाँ सब सूना है। सब कुछ ख़त्म हो गया है। बस एक नीरवता पसरी है, जो किसी आवाज़ या विस्फोट से भी भंग नहीं होती। यहाँ आकर कई बार लगता है जैसे आप एक पूरी तरह से विस्फारित आँख में झाँक रहे हैं। एक ऐसी आँख जो झपकना भूल गई है। और ऐसी ही भंगिमा में जो अनंत समय से बनी हुई है।

फटी हुई आँख कितना बियाबान समेटे होती है! उसमें झाँको तो जगह-ही-जगह दिखती है। असल में तो वह ख़ालीपन है, ख़ाली जगह नहीं। बंद होना भूल चुकी आँख में हमें जो विराट अवकाश दीखता है, वह ख़ाली स्थान नहीं स्वयं ख़ालीपन है। जिस आँख में हर छह सेकंड बाद निमेषक-पटल जीवन भरती है, उसमें यह झपकना स्थगित हो जाए तो शून्यता जमा होना शुरू हो जाती है।

कुछ ऐसी ही शून्यता इस स्थान में भी है। यहाँ जीवन की आवाजाही ज़रूर होती है पर इसमें ख़ुद में जीवन नहीं है। जीवन पनपाने के लिए अनुर्वर है यहाँ की ज़मीन।

एक जगह से दूसरी जगह जाने के बीच पड़ता है यह विस्तार। इसीलिए

लोगों के लिए यह एक रास्ता है। कुछ ख़ानाबदोश व्यापारियों के लिए यहाँ से होकर जाना मजबूरी है। वे भी यहाँ से जितना जल्दी हो सकता है निकलने की फ़िराक़ में रहते हैं। लेकिन एक दिक़्क़त है यहाँ पर। इस विस्तार में दिशाएँ टूट-टूटकर गिरती हैं। किस तरफ़ जाना है इसका विवेक ख़त्म हो जाता है। आदमी और ऊँट दोनों यहाँ भटक जाते हैं। वे इस विकराल में गोल-गोल ही घूमते रहते हैं। लोगों को यहाँ के कँटीले एकांत में न भटकने और किसी तरह सुरक्षित निकल जाने के लिए प्रार्थनाओं का ही सहारा है।

यहाँ इस जगह कई देवों के थान हैं जो हर ओर दिखाई देते हैं। उनसे रास्ता चलने वाले को दिशाएँ तलाशने में थोड़ी बहुत मदद ही मिलती होगी। देवों में से कइयों की प्रतिमाएँ समय ने भग्न कर दी हैं तो कइयों को ज़मीन में धँसा दिया हैं। भटकने वाले लोगों के लिए इन सबमें रुचि बनाए रखना कठिन है।

इस मरू प्रांतर में चलने वाले यह ज़रूर मानते थे कि कोई एक आदमी ऐसा अवश्य है जो इस इलाक़े का सर्वश्रेष्ठ ज्ञाता है। उसे यहाँ के हर छोटे-बड़े रास्ते की जानकारी है। वह यहाँ की जानलेवा भूलभुलैया के छद्म को भंग कर सकता है। उसे ज़मीन पर उगे और ज़मीन में धँसे तमाम कंद-मूलों तक की जानकारी है। वह बाँबी देखकर साँप की जात पहचान लेता है। वह धरती की शिराओं में बहते पानी के सोते सुन लेता है। वह अकेला यहाँ दिशाओं के छल को समझता है और ज़रूरत पड़ने पर उसे छिन्न-भिन्न कर सकता है। और वह ही इस धरती के दंश को खींचकर दूर फेंक सकता है। यहाँ तक कि इधर के जानलेवा वर्तुलों को सुलझाने का काम कर सकता है।

है कोई एक ऐसा आदमी!

और ये भरोसा ही राहगीरों को इस जाल में क़दम रखने का हौसला देता है। यद्यपि ऐसे 'एक' आदमी को किसी ने कभी देखा नहीं है, पर इस तरह के दावे पर्याप्त संख्या में हैं।

पर क्या विडंबना है! इस प्राचीन और अभिशप्त सुनसान के निर्गत द्वार तक ले जाने वाले रास्ते का सफ़र उस 'एक' आदमी को नसीब नहीं। पथिकों को ठीक रास्ते का पता बता सकने के बावजूद उस 'एक' के लिए यहाँ से मुक्ति नहीं है। यहाँ के अकेले एकांत में रहने को वह अभिशप्त है। वह यहाँ

के अकेलेपन से लड़ नहीं सकता। जब भी वह यहाँ के किसी एक कुएँ में झाँकता है तो गहराई में दूर-दूर तक पानी की क्षीण झिलमिल भी नहीं होती जिसमें वह अपने प्रतिबिंब के रूप में ही सही किसी और को तो पा सके! बहुत बेबस है वह 'एक' आदमी जिसे यहाँ से बाहर जाने का रास्ता मालूम है पर वह जानकारी उसके अपने लिए इस्तेमाल में नहीं आ सकती।

असल में वह यहाँ का स्थायी बाशिंदा है। यह बीहड़ उसका घर है।

वह 'एक' आदमी यह बीहड़ ख़ुद है। वह 'एक' आदमी यह विराट सुनसान ही है।

भय के कोने

वह आदमी अरसे से भय को देखता आ रहा था। बहुत समय से देखते रहने से वह भय की आंतरिक संरचना को कुछ-कुछ समझने लग गया था। वह एक पन्ने पर भय के स्केचेज़ बनाने लग गया। कुछ जानवर जैसी दिखने वाली आकृतियों के चित्र। कोई एक जानवर नुमाया नहीं होता था। कई सारे जानवरों के मिलने से जैसे मिश्रित जंतु वाला कोई मिथकीय चरित्र उभर आता था। रक्तिम विस्फारित आँख, तीखे सींग, घंटाकार कान, दीर्घ नाक, साही के काँटों जैसे कड़े बाल और न जाने कैसी-कैसी भयानक आकृतियाँ उसके स्केचेज़ में दिख पड़ती थीं, पर वह जानता था भय से भयानक कुछ भी नहीं। बनाया भी नहीं जा सकता। और भय को लेकर उसकी नोटबुक में कहीं लिखा था-

"भय से निजी कुछ नहीं। कुछ पल हर आदमी के जीवन में लौट-लौटकर आते हैं जिनमें वह निष्कवच होता है, नितांत अकेला होता है। और सबसे ज़्यादा निर्बल भी। वह इन पलों में बुरी तरह डरा हुआ होता है। ऐसे पल जीवन के लिए भारी और मृत्यु के लिए उर्वर होते हैं। ये क्षण हमारे नितांत निजी डर के होते हैं। प्रेम से भी अधिक निजी। ये इतने निजी होते हैं कि इन्हें हम सबसे अकेले होकर ही भोगते हैं। इनमें हम सबसे अकेले होते हैं। रावण को शायद उसके इन्हीं क्षणों में मारा गया था।

भय शर्तिया कोई वनैला जानवर होता है। वह हमारे इन्हीं पलों में चुपचाप हमारे पास और हमारे भीतर आता है। वह क़रीब आकर हमें वेधकर हमारे भीतर व्याप जाता है। जिस तरह से ये हमारे अंदर घुसता है, हमारी मज्जा तक में घुसकर, उससे लगता है यह कोई नुकीले थूथन वाला प्राणी है और अपने

भयानक तीखे दाँतों से वह हमारे अस्तित्व के तंतुओं को कुतर जाएगा।

भय कोई चिरंतन यायावर नहीं। भय के कुछ पते-ठिकाने भी होते हैं। इन्हीं पर उसके बैठे होने की गुंजाइश सबसे ज़्यादा होती है। वह इन ठिकानों पर दुबककर नहीं बैठा होता बल्कि घात लगाकर बैठा होता है। एक निर्जन रास्ते को काटता साँप अपने पीछे एक लकीर छोड़ता जाता है। एक आदमी साँप को जाते देख ठिठकता है। एक साँप आदमी को जाते देख ठिठकता है। दोनों के लिए वह रास्ता डर का ठिकाना है। अगली बार उसी रास्ते पर जाता आदमी कुछ और ठिठककर चलता है। अगली बार किसी और समय में जाता साँप उसी रास्ते को काटते वक़्त अपने फ़न के पूरे प्रसार के साथ अँग्रेज़ी का 'एस' बनाकर चला जाता है। उसका डर उसके फन का फैलाव है। वह डर में और चौड़ा हो जाता है। आदमी डर में ख़ुद को सिकोड़कर चलता है। पर भय को लेकर दोनों की आतंरिक प्रतिक्रिया एक जैसी ही है।"

उसकी नोटबुक में जगह-जगह इसी तरह के पैरे लिखे हुए थे। डर के बारे में, डर को समर्पित। बहुत सारे उल्टे-सीधे आरेख बने थे। चित्रों और अलग-अलग रंगों की स्याही के प्रयोग से भय की संरचना को बताया गया था। साफ़ तौर पर वह आदमी भय के बारे में काफ़ी कुछ जानता था या फिर भय के बारे में उसका व्यापक चिंतन था।

भय का जानकार आदमी स्वयं भय से परे नहीं था, बल्कि इसके उलट, वह भय से पूरी तरह बिंधा था। वह आदमी उस तहख़ाने के नाम से डरता था। तहख़ाना घर में था। घरवाले कहते थे इस तहख़ाने में बरसों से एक मगरमच्छ रहता है। घर के एक सबसे बड़े, सबसे बुज़ुर्ग आदमी को छोड़कर सब उस तहख़ाने के नाम से डरते थे। कोई उसमें जाने की बात भी नहीं सोचता था। बस उस सबसे बुज़ुर्ग आदमी को ही पता था कि शायद उसमें ऐसा कुछ नहीं है। हालाँकि वह सबसे बुज़ुर्ग भी कभी उस तहख़ाने में गया नहीं था।

समय के साथ उस आदमी के मन में संदेह के स्पोर्स फूट आए थे। आख़िर कोई वनैला जानवर कितने बरस सिर्फ़ घात लगाए किसी तहख़ाने में बैठा रह सकता है ? पर घर के बाक़ी लोगों की तरह ही वह भी तहख़ाने से भय खाता रहा। वह जानता था कि वहाँ चाहे कोई जानवर न रहता हो, वह जगह डरने की तब भी है। हो सकता था वहाँ किसी और ही भयंकर का वास हो।

वैसे किसी गहरी अँधेरी जगह में डर को पनपने के लिए किसी जीव-जानवर की ज़रूरत नहीं होती। ऐसी जगहों पर भय की सृष्टि स्वयंभू होती है।

शायद घर के कुछ राज़ उस तहख़ाने में दफ़न थे। वह तहख़ाना रहस्य की किसी कंदरा जैसा था। उसमें जाना निषिद्ध था।

बरसों बीतने के बाद धीरे-धीरे उस घर के लोगों को एक-एक कर पता चलने लगा कि तहख़ाने में किसी माँसभक्षी उभयचर के होने की बात ठीक नहीं है। पर आख़िर जब सब लोगों को पता चला कि उस तहख़ाने में ऐसा कुछ नहीं है तब भी वे उसमें जाने से डरते थे। वे जानते थे कि तहख़ाने में मगरमच्छ नहीं है पर कुछ ज़रूर है जो अप्रिय है और उसे उसकी वाजिब भयावहता प्रदान करने के लिए मगरमच्छ का नाम भर दिया गया है। हो सकता है अंदर जो कुछ हो वह और भी विकराल हो।

उस आदमी की नोटबुक में और एक जगह लिखा था-

"इस तरह भय को रहने के लिए किसी कोटर, बांबी या तहख़ाने की ज़रूरत नहीं होती, वह अपने रहने की शुरुआत इन जगहों से कर सकता है पर वह आसानी से घर-मुहल्ले तक आ सकता है। उसके जबड़े शक्तिशाली और दाँत धारदार होते हैं।

वह समय की कई परतों को चीरता आया है।"

मिट्टी की परात

"तुम प्रेम में इतने डरे-डरे क्यों हो? और वह भी इस बुरी तरह? तुम्हारे चेहरे पर डर अभी इतना गाढ़ा है कि कोई भी उसका रंग और आकार बता सकता है। कुछ-कुछ ऑक्टोपस जैसा है यह। अपने टेंटेकल्स से तुम्हारा चेहरा भींचे। उफ़्फ़ कितना डरावना है यह भय का ऑक्टोपस! यह चला भी जाएगा तो पीछे बहुत गहरी, अँधेरी स्याही छोड़ जाएगा। और शायद लंबे वक़्त तक जिसका दाग़ बना रहेगा।"

...और इसके उत्तर में वह काफ़ी देर शून्य में ताकता रहा। फिर जैसे उसने बहुत गहरे कुएँ से अपनी आवाज़ को खींचा और बोला-

"यह डर नहीं है, मेरे चेहरे पर ग्लानि का भाव है। हो सकता है अपने रूप और आकार में यह डर जैसा ही हो। हो सकता है इसमें कुछ हिस्सा डर का भी हो जो मेरे चेहरे पर पड़े पछतावे के साये पर अपना मुखौटा छोड़ गया हो।

...और बात सिर्फ़ प्रेम में डरे होने की नहीं, हर समय की है। यह मेरे चेहरे की बनावट का हिस्सा है। मैं पश्चाताप का आदिपुरुष हूँ। कहीं भी कुछ ग़लत होता है, मेरी आत्मा उसका प्रायश्चित करने लगती है। बरसों पहले जब मैं बहुत छोटा था, अबोध, तब पहली बार मेरी आत्मा एक निरर्थक वाक़ये के बाद ईंधन की तरह जलने लगी।"

वह कुछ देर ख़ामोश रहा और जब फिर से बोलने लगा तो उसकी आवाज़ जैसे बहुत दूर कहीं से आ रही थी- "मैं अपने ननिहाल में आया हुआ था। वह घर पुराना था। उस घर की मरम्मत शायद कभी नहीं हुई थी। उसके कमरे, दीवारें, दालान सब कुछ धूल-मिट्टी में सने रहते। कच्चे आँगन में असंख्य दरारें थीं जिनमें चींटियों की प्राचीन बस्तियाँ थीं। एक जगह दीवार

के सहारे एक मिट्टी की परात खड़ी थी। बरसों से। उस परात का कोई इस्तेमाल नहीं था। वह बस वहाँ थी। घर के भूगोल का हिस्सा भर। मैं कुछ खेलते-खेलते उस परात के पास पहुँचा और अनायास ही पाँव की ठोकर से वह परात अपने बारीक संतुलन से हिल गई। गिर गई। और टुकड़े-टुकड़े हो गई। मैं दहशत से भर उठा। जैसे मैंने कोई हादसा अंजाम दे दिया था। मैंने जैसे घर का भूगोल ही बिगाड़ दिया था। मुझे शायद हल्की डाँट पड़ी थी, पर आज मैं सोचता हूँ वह नक़ली ही रही होगी। उस घर के लिए वह परात जैसे थी ही नहीं, उसका कोई क्या शोक मनाता। पर मैं उस मिट्टी की परात को लेकर परेशान था। जब भी आने वाले दिनों में मैं उस जगह टूटे हुए टुकड़ों को देखता, डरने लगता। मैं अपने-आप को घर का नक़्शा, हुलिया बिगाड़ देने का दोषी ठहराता। आख़िर घर वालों को समझ में आया और उन्होंने उस टूटी हुई परात के टुकड़ों को वहाँ से बाहर फेंक दिया। परात के भौतिक अवशेषों के वहाँ से हटने के बाद भी मेरा मन वहाँ उन्हें ढूँढ़ता रहा..."

"मैं पछतावे से भरा हूँ। मेरी आत्मा किसी अनाम पश्चाताप से धुआँती-सुलगती रहती है। आम दिनों में भी मैं इसकी आँच महसूस करता हूँ। पर कुछ ग़लत का ज़िम्मेदार होने पर तो यह कपूर की तरह जलने लगती है। और मैं यह स्वीकार करता हूँ कि अब मुझे यह कई बार अच्छा भी लगता है। मैं उस दहन की गंध को सुवास की तरह लेता हूँ। एक और दिन की बात है। मेरे कोई रिश्तेदार अपने बच्चे को डाँट रहे थे। वह बच्चा मेरा भी दोस्त था। उसने अपने ही घर में कोई चोरी की थी। कुछ पैसों की। डाँटने के दौरान मैं भी वहाँ खड़ा था..." बोलते-बोलते उसकी आवाज़ में ख़ुश्की आ गई थी। वह आस-पास पानी ढूँढ़ने लगा पर कहीं ग्लास न पाकर उसने उसी आवाज़ में बोलना जारी रखा-

"मैं भी वहाँ खड़ा था और डाँट का असर अपने ऊपर महसूस कर रहा था। रंगे हाथों जैसे मैं ही पकड़ा गया था। मैंने उसी समय क़सम खाई कि मैं कभी चोरी नहीं करूँगा यद्यपि मैंने कभी चोरी की नहीं थी। मेरे रिश्तेदार की डाँट में आवाज़ की सख़्ती जब एक सीमा से आगे बढ़ गई तो मैं बोल उठा कि यह काम मैंने नहीं किया था।"

वह कुछ-कुछ हाँफने लग गया था। आवाज़ में सूखापन इतना ज़्यादा हो

रहा था कि कई जगह पर वह जो बोल रहा था, भुरभुराकर टूट रहा था। वह अब और आगे बोलने की स्थिति में नहीं रहा था।

उसकी प्रेमिका उसे देखे जा रही थी। उसने पूछा-

"तुम सारे गुनाह क्यों अपने ऊपर लेते हो?"

"मैं गुनाहगार नहीं हूँ, पर गुनाहों का दंश मुझे फिर भी बींधता है।"

"तो क्या ऐसे में तुम मुझसे प्रेम कर पाओगे?"

"मुझे पता नहीं पर प्रेम शायद वह तरल है जिससे मैं अपनी दग्ध आत्मा को शीतल कर सकूँगा। यह पछतावे के एहसास जितना स्वाभाविक तो नहीं होगा मेरे लिए, पर बेशक बहुत ज़रूरी होगा। अगर प्रेम करना मेरे लिए एक गुनाह है तो यह एक गुनाह मुझे करने की अनुमति दो।"

झूला पुल

क्या कोई खिलौना ट्रांजिस्टर बज सकता है ?

क्या किसी नक़ली घड़ी की सुइयाँ चल सकती हैं ?

उसके लिए इसका उत्तर 'ना' में नहीं था। 'हाँ' में भी नहीं था। बस शक और भरोसे के बीच निलंबित-सा कुछ था। बात बहुत पुरानी हो गई थी इसलिए उसे ख़ुद इस बात का विश्वास नहीं रह गया था पर उसने एक दर्शक की हैसियत से जो देखा था, उसकी धुँधली याद भी इतनी चित्रात्मक थी कि उसे वह पूरा दृश्य अपनी जगह, पृष्ठभूमि, केंद्र, परिधि, पात्रों-गौण पात्रों के साथ याद था।

और इसीलिए खिलौना रेडियो और नक़ली हाथ घड़ी को लेकर उसके मन में हाँ-ना के बीच की स्थिति थी। खिलौना रेडियो बज नहीं सकता। नक़ली घड़ी में टिक-टिक हो नहीं सकती। यह एकदम स्पष्ट बात बाक़ी सबके लिए हो सकती थी, उसके लिए नहीं। वह इन दो सवालों के जवाब को लेकर हाँ और ना के बीच जैसे किसी हैंगिंग ब्रिज पर खड़ा था। दो ठोस कगारों के बीच किसी झूला पुल पर।

और तो और, एक जगह वह झूला पुल डगमगा रहा था। उसका जवाब हाँ और ना के बीच झूलता 'हाँ' की ओर जा रहा था।

वह एक लकड़ी का रेडियो था। उसके घर का छोटा आँगन था। एक पड़ोस का शौक़िया मिस्तरीनुमा लड़का था जो उस रेडियो को जिज्ञासावश उलट-पुलट रहा था।

आख़िर उस लड़के ने रेडियो को खोल दिया। रेडियो में अंदरूनी तार और मशीनों की जगह बटन और धागे थे। सफ़ेद और रंग-बिरंगे धागे जो कई

सारे बड़े-छोटे बटन से गुज़र रहे थे। पहली बार उसने देखा था कि रेडियो असल वाला रेडियो न होकर एक खिलौना मात्र था। उसके भीतर वैसा ही जटिल संजाल था जैसा किसी असली रेडियो में होता है, पर वह निरर्थक था। बटन और रंगीन धागों को जितना मर्ज़ी आपस में उलझा लें, उसे किसी जटिल परिपथ का रूप दे दें, वह बज नहीं सकता। आवाज़ नहीं पैदा कर सकता।

पर यह बात उसे क्यों याद थी कि रेडियो ख़रीदकर लाए जाने के बाद एक बार बजा था। ख़ुद उसने उसे बजते हुए सुना था। हाँ यह बात थी कि यह बात पहले की थी। उस मिस्तरीनुमा लड़के के रेडियो को खोलने के भी काफ़ी पहले की। और उसकी स्मृति के अनुसार बटन और धागों का जटिल संयोजन फिर किसी आवाज़ को पैदा नहीं कर पाया था। उसने फिर उसे कभी किसी गाने की फ़रमाइश प्रसारित करते सुना नहीं। बाद में उस लकड़ी के पिटारे का क्या हुआ, उसे नहीं मालूम।

ऐसा ही कुछ उस घड़ी के साथ भी था।

वह घड़ी पिताजी ने ट्रेन में खरीदी थी। ट्रेन में कोई आदमी ख़ूब सारी घड़ियाँ बेच रहा था। दो-पाँच घड़ियाँ वह हाथ में थामे था। दो-पाँच घड़ियाँ उसकी कलाई से बाँह तक बँधी थी। पिताजी ने एक कत्थई डायल वाली घड़ी ख़रीदी थी। उसके वास्ते। वह पहनकर ख़ूब इतराया था। बात यह भी पुरानी थी। वह छोटा था। उसने उस घड़ी की बाक़ायदा नुमाइश कर स्कूल का ग्रुप फ़ोटो खिंचवाया था। उसकी याद्दाश्त के मुताबिक़ घड़ी चलती थी। उसकी सुइयाँ जैसे चिकने फ़र्श पर बेआवाज़ सरकती थीं। बेशक वह दीवार घड़ी की तरह शोर नहीं करती थी। दीवार घड़ी के हाथ सरकते वक़्त आवाज़ करते थे। एक लय के साथ दीवार घड़ी बोलती थी जो 'घड़ीक्यम घड़ीक्यम टिटक टिटक' की तरह सुनाई देता था।

जहाँ उसकी याद में वह हाथ घड़ी चलती थी, उसकी सुइयाँ समय के साथ चलती थीं, वहीं उसकी याद में उस घड़ी को लेकर एक और वाक़या पैवस्त था। उसके बाद उस कत्थई डायल वाली घड़ी को लेकर उसका वह भरोसा एक धुंध भरे संदेह में तब्दील हो गया। घड़ी का पिछला ढक्कन एक दिन खुल गया और उसने देखा उसमें कोई चकरी या गिर्री नहीं थी। बस काग़ज़ भरा था। निरा काग़ज़। वह घड़ी कैसे चल सकती थी? डायल पर

लगी सुइयों को चलाने के लिए उसमें माँसपेशियाँ तो थीं ही नहीं। कोई दांते वाली चकरी नहीं, कोई कमानी नहीं, कुछ नहीं। एक ख़ाली जगह जिसे रद्दी काग़ज़ ठूँसकर भरा गया था।

पर... वह तो कुछ और मानता आया था। उसे ऐसा याद था कि वह घड़ी चलती थी। क्या सुइयों को लेकर उसे गति-भ्रम हुआ था? उसने घड़ी को चलता हुआ इसलिए माना था क्योंकि उसने उसे कभी चलता हुआ देखा था। पर उसे चलाने के लिए जो मशीन चाहिए वह तो उस घड़ी में नहीं थी। तो फिर वह जो समझता आया था वह सच था या नहीं? कैसे वह इसे यक़ीन की जीन पर कसकर दौड़ाए?

उसे याद आया उसके दादाजी सुनाते थे कि पास के गाँव जाते समय उन्होंने एक आदमी को देखा था। वह आदमी उनसे बात करते-करते अचानक मिट्टी के ढूह में बदल गया। वह बहुत हँसा था दादा की बात पर। वे नहीं हँसे थे, पर उन्होंने कोई इसरार भी नहीं किया था।

वह इस समय हैंगिंग ब्रिज पर था। दो ठोस कगारों के बीच झूलता हुआ।

नदी, पुल और प्यार

लड़की पुल के नीचे रहती थी। लड़का हमेशा पुल के ऊपर से गुज़र जाता। और वे अरसे तक मिले ही नहीं। पुल एक दुबली नदी पर बना था और वह नदी बारिश के दिनों को छोड़कर हमेशा सूखी रहती थी। बारिश के दिनों में नदी में पानी बहता था। जैसे ही बारिश ख़त्म होती, नदी भी ख़त्म हो जाती। नदी एक हरी-सी परछाईं छोड़कर चली जाती।

यह नदी शहर के बीचो-बीच गुज़रती थी। और यह सिलसिला कई हज़ार बरसों से चला आ रहा था। नदी तब भी इसी जगह थी जब यह शहर नहीं था। नदी तब भी इसी जगह थी जब इस जगह कोई दूसरा और भी ज़्यादा पुराना शहर था, संभवत: जो किसी प्रलय में नष्ट हो गया था। नदी का पता तब भी यही था जब यहाँ कोई ताम्रकालीन नगरी थी। और तो और यह उससे भी पुरानी प्रस्तरयुगीन बस्तियों के वक़्त भी यहीं बहती थी। बहुत पुराने क़िस्सों में ही अब यह बात बची है कि नदी असल में एक राजकुमारी थी और अपने पिता की लाडली थी। उसके पिता धरती से कई प्रकाशवर्ष दूर ब्रह्मांड में बसी एक और धरती के राजा थे और इसी लाडली बेटी की ज़िद पर स्वर्ग की प्रतिकृति बनाने का आदेश अपने कारीगरों को दिया था। उन्होंने अपने राज्य के समस्त राजमिस्त्रियों को सिर्फ़ इसी काम में लगा दिया था। राजकुमारी इसी काम में लगे एक युवा कारीगर के प्रेम में पड़ गई। यह राजा को मंज़ूर नहीं था और वह अपनी बेटी से बहुत नाराज़ हुआ। उसने अपनी बेटी को अपने राज्य से हमेशा के लिए निष्कासित कर हमारी धरती पर नदी बनाकर भेज दिया। हमारी धरती उस वक़्त तक मिट्टी का एक निर्जन पिंड मात्र थी। समंदर बन गए थे पर उनमें अब तक एककोशिकीय जीव जन्मे नहीं थे। धरती पर

जीवन का प्रादुर्भाव होना अभी बाक़ी था। हमारी धरती पर निष्कासित की गई राजकुमारी नदी के रूप में अपने एकांत को भोगती बहती रही। उसके पिता का ग़ुस्सा था तो बहुत, पर समय के साथ जाता रहा। उसका अपनी बेटी से प्यार विशुद्ध और पवित्र था। यही बात सच्ची थी बाक़ी सब झूठ। इसलिए बरसों बाद राजा अपने बेटे को सत्ता सौंपकर हमेशा के लिए अपनी बेटी के पास आ गया, नीला पहाड़ बनकर।

इस तरह के मिथक नदी को प्राचीन सिद्ध करते हैं। न भी करें तो भी हर नदी प्राचीन होती है। उसे किसी साक्ष्य या साक्षी की आवश्यकता नहीं। इस तरह आज इस शहर के बीच से यह नदी नहीं बहती थी, बल्कि शहर उसके दोनों तरफ़ बस गया था। कोई एक रहा होगा जो नदी के कलकल को सुनने बैठ गया और उसने यहाँ बस्तियाँ बसा लीं। यही सिलसिला बाबा आदम के ज़माने से हर जगह चला आ रहा है। इस नदी और इस शहर की बात भी इससे अलग नहीं। फ़र्क़ यह आया है, जैसा कि इस शहर के जानकार लोग बताते हैं, कि नदी बहुत मंथर हो गई है। नदी का वेग अब नहीं रहा। और यह कि पिछले कुछ सालों में तो बारिश में भी बहुत कम समय के लिए यह यहाँ आती है। इतने कम दिनों के लिए, जितने दिन कोई उम्रदराज़ महिला पीहर जाया करती है। और देह तो उस नदी की बहुत कमज़ोर हो गई है। लोग कहते हैं कि नदी तो सिर्फ़ अब 'इत्ती-सी भर' रह गई है। जब इस पर पुल बना था उन दिनों तो बारिश में एक बड़े हिस्से को जलमग्न कर देती थी। अब पुल बने भी बरसों हो गए हैं। नदी की याद कम ही आती है। पास बसी बस्तियों को भी नहीं। हाँ बारिश के दिनों में यह पुल के नीचे अपने हिस्से की ज़मीन पर एक रेले की तरह बहती रहती है।

एक तेज़ बारिश में लड़के ने पुल के किनारे पर लोगों को नीचे झाँकते देखा। उसने अपनी बाइक पुल पर ही साइड में खड़ी की और झाँककर देखा। नीचे वेग के साथ पानी बह रहा था। उसने लोगों से कहते सुना, दस बरस बाद फिर से नदी को इस तरह झूमते देखा है। पुल के नीचे रहने वाले लोग अपने पास बहती नदी को चमत्कृत-से देख रहे थे। उन्होंने इस जगह कभी इतना जल नहीं देखा था।

उसी पुल के नीचे लड़के ने उस लड़की को देखा था। अपने घर के

बाहर, अपने से कुछ दूरी पर भागती नदी को देखते हुए। और वह लड़की नदी को गहरे अपनापे से देख रही थी। नदी कुछ वेग से एक पुराने शिलाखंड पर चोट खाकर लँगड़ाती भाग रही थी। और जहाँ चोट खा रही थी वहीं छोटे-छोटे असंख्य जल-बिंदु दिशाहीन से दूर तक उड़ रहे थे। लड़की उन महीन 'जल किरचों' को अपने शरीर पर चुभते हुए अनुभव कर रही थी।

वह हर बार अपने चेहरे से उछले हुए पानी को हटा रही थी और पानी था कि उसे हर ओर से भिगोए जा रहा था। उसके वस्त्र भीग गए थे, उसके हाथ भीग गए थे, उसके बाल भीग गए थे, उसका चेहरा भी भीग चुका था। लड़का पुल के ऊपर से उसकी जल-लीला को देख रहा था। पानी की अनगिनत बूँदों ने लड़की पर एक बेहद हल्का आवरण बना दिया था। उसे इस तरह धुँधली दिखती लड़की बहुत अच्छी लग रही थी। उसका मन हुआ कि वह पुल के नीचे जाकर क़रीब से लड़की को पानी के साथ खेलता देखे। वह नीचे चला गया और सीधा वहीं पहुँचा जहाँ लड़की अपने घर के बाहर खड़ी थी। लड़की काफ़ी देर तक उसकी उपस्थिति से अनजान अपने में ही पहले की तरह व्यस्त रही। अचानक ऊपर से कुछ शोर जैसा हुआ। लड़की की तंद्रा टूटी। उसने अपने पास एक अनजान लड़के को देखा तो वह झट से अपने घर के भीतर चली गई। लड़के को ग्लानि-सी हुई। उसी ने लड़की के उस अबोध और निर्दोष खेल को बंद करवा दिया था। वह काफ़ी देर अन्यमनस्क-सा वहीं खड़ा रहा। नदी चोट खाती रही। पानी की नन्ही बूँदें उछलती रहीं, उसका चेहरा भिगोती रहीं। अचानक उसका ध्यान घर की खिड़की पर गया। लड़की खिड़की से पानी का खेल देख रही थी। पुल पर खड़े लोगों के लिए नदी कौतुक का विषय थी। लड़के के लिए नदी प्रेम लेकर आई थी।

शहर के कुछ बुज़ुर्ग राज़दार लोगों का मानना था कि नदी बरसों-बरस अपने पिता से मिलने इस शहर से गुज़रती थी। शहर की सबसे ऊँची जगह से देखने पर वह नीला पहाड़ दीखता था जिसे राज़दार लोग नदी का पिता मानते थे। उनको अब भरोसा हो गया था कि स्टोन माफ़िया के ब्लास्ट में वह पिता भी किसी दिन बिखर जाएँगे, फिर वह नदी कभी लौटकर नहीं आएगी।

ख़ैर, जब उस नदी की सिर्फ़ हरी परछाईं ही बची रह जाती थी, तब भी लड़का बारिश के बाद कई बार पुल के नीचे से झाँकता था और उसे वह

लड़की दिखाई देती थी। नदी के चले जाने के बाद लड़के को लड़की की शक्ल बहुत साफ़-साफ़ दिखती थी। एक बार उसने बेध्यानी में लड़की की तरफ़ देखकर हाथ हिला दिया। जवाब में लड़की ने भी उसकी ओर देखते हुए हाथ हिला दिया। लड़की शायद मानने लगी थी कि पिछली बारिश में नदी ने जो वसीयत लिखी थी उसमें उसके साथ उसका भी नाम था।

फिर वे दोनों कई बार मिले। उनकी बार-बार मिलने की इच्छा होने लगी। लड़के को लड़की का धुँधला चेहरा याद आने लगता और वह उससे कहता, मुझसे दिन के उजाले में मत मिलो जब सब कुछ साफ़-साफ़ दीखता है। मुझे किसी कोहरे से भरे दिन में मिलो। अब चूँकि उस शहर में कोहरा नहीं होता था तो वे दिन के उस प्रहर में मिलते जब सब कुछ साफ़-साफ़ नहीं दिखता। एक दिन लड़के ने लड़की से फ़रमाइश की कि वह अँधेरी रात में जुगनुओं की प्रदीप्ति में उसका चेहरा देखना चाहता है। अँधेरे के समुद्र में रोशनी के बल्ब लिए घूमते जुगनुओं का फ़ीका प्रकाश उसके चेहरे पर पड़ेगा तो वह एक पेंटिंग में बदल जाएगी।

वे दोनों उम्र में धीरे-धीरे बड़े होते गए पर उनकी स्मृति में नदी का छोटे-छोटे जल बिंदुओं में टूटना हमेशा बना रहा। यह उनके प्रेम का स्थायी दृश्य था।

एक दिन लड़की ने लड़के का हाथ पकड़ लिया। लड़के ने लड़की का हाथ पकड़ा। उन्होंने परिणय के बंधन में बँधने का निश्चय किया। बस यहीं से उनकी बाधाएँ शुरू हो गईं। दोनों के घरवाले उनके प्रेम को नष्ट करना चाहते थे। लड़की एक अँधेरी रात दबे पाँव लड़के के घर तक पहुँची, और उसने लड़के के कमरे की खिड़की पर सांकेतिक अंदाज़ में दस्तक दी। लड़का उसका संकेत समझ गया। वह तुरंत बाहर आया और उसे घर के पिछवाड़े ले गया। लड़की के चेहरे पर सितारों का प्रकाश गिर रहा था। रात लेकिन इतनी अँधेरी और रोशनी इतनी क्षीण थी कि वह सिर्फ़ एक काँपती आकृति में ही दिख रही थी। लड़का उसके चेहरे पर दृढ़ता के साथ कातरता भी साफ़ देख पा रहा था। कातरता साथ चलने के निवेदन की। तभी लड़के के घर की साँकल बजी। लड़की भय के मारे वहाँ से भाग गई। वह चाहती थी कि लड़का भी उसके पीछे भागकर आए। पर ऐसा न हो सका। लड़का वहीं जड़ खड़ा

रहा। उसके पाँव ठंड में जैसे वहीं जम गए थे।

लड़की की उसके बाद कोई ख़बर नहीं मिली। लड़के ने कई बार पुल के नीचे झाँका पर उसे सिवा सन्नाटे के कुछ भी नज़र नहीं आया। नदी की हरी परछाईं भी ग़ायब हो चुकी थी। अब उस जगह मिट्टी में भीषण दरारें थीं और शुष्क, तप्त बालू थी जो हवा में उड़-उड़कर लोगों को काट खाती थी। नदी अब ग़ायब हो चुकी थी। पुल के नीचे बारिश में सिर्फ़ कीचड़ नज़र आता था। राज़दार लोगों ने चुप्पी साध ली थी। इस नदी की गोद में कितने शहर बने और मिट गए पर नदी हमेशा बनी रही थी। इस बार जाने क्या हुआ कि एक शहर ने नदी को ही लील लिया था। कुछ अरसे पहले एक भयानक विस्फोट ने नीले पहाड़ को भी चूर्ण में बिखेर दिया था।

लड़के ने लेकिन, बरसों तक पुल के नीचे झाँकना बंद नहीं किया। हालाँकि वहाँ न तो अब नदी थी, न लड़की, न शिलाखंड, और न ही वह मकान जिसकी खिड़की से लड़की ने उसे पहली बार देखा था। किसी नियम-धर्म की तरह लड़का पुल से झाँकता था। वह अब अधेड़ हो चला था। घर गृहस्थी में आए बरसों हो चुके थे उसे। उसका अपना एक बेटा था जो जवान हो रहा था। एक दिन उसके बेटे ने उससे कहा कि उसे एक लड़की से प्रेम है। लड़के ने, जो अब अधेड़ था उससे कहा कि अब वह क्या करने के बारे में सोच रहा है। अधेड़ के बेटे ने कहा अगर वह लड़की किसी अँधेरी रात मेरे घर के पिछवाड़े आएगी तो मैं साँकल बजने पर भी उस लड़की के साथ भाग जाऊँगा। बरसों पहले उस नीच, कापुरुष की तरह वहीं खड़ा नहीं रहूँगा जो घर की साँकल बजने पर वहीं खड़ा रह गया था।

अधेड़ सिहर गया। उसने अपने बेटे से पूछा- "तुम्हें यह बात किसने बताई?"

बेटे ने जवाब दिया- "शहर के राज़दार लोगों ने।"

लड़के ने जो अब अधेड़ था, राहत की साँस ली। राज़दार लोग हमेशा संकेतों में बात करते थे। वे सबसे शापित लोगों में से थे। शहर के सारे राज़ जानते थे। उनके भीतर ठोस, अँधेरे राज़ थे। वे शहर के अच्छे दिनों को याद ही नहीं कर पाते थे। शहर के दुख उनके पीछे प्रेत की तरह पड़े रहते थे।

अधेड़ के बेटे ने उससे ज़रूर अपने प्रेम की बात बताई थी और कहा था

कि वह साँकल बजने पर भी रात के अँधेरे में दबे पाँव उसके घर आई लड़की के साथ भाग जाएगा। पर वह मौक़ा नहीं आया। वह लड़की किसी भी अँधेरी रात में उसके घर तक नहीं आई। किसी ने उसकी खिड़की पर सांकेतिक दस्तक न दी, बल्कि उसने कहा हम अपने-अपने घर वालों को मनाते हैं। प्रेमी लड़का भी तुरंत इस प्रस्ताव पर राज़ी हो गया। यह सुविधाजनक तरीक़ा था और इसमें नौबत आने पर प्रेम की अंत्येष्टि करने में कोई ग्लानि भी पीछा नहीं करती। प्रेमी बेटे ने अब अधेड़ हो चुके अपने पिता से डरते-डरते पूछा तो पिता समझ गया कि यह भी आख़िर बेटा तो उसी का है, जो बरसों पहले वही लड़का हुआ करता था जो अपने घर की देहरी लाँघ नहीं पाया था, जो घर की साँकल से डर गया था कि कहीं पिताजी ग़ुस्सा न हो जाएँ।

बेटे ने जब अधेड़ को अपने प्रेम को परिणय बंधन में बाँधने के बारे में बताया तो वह तुरंत राज़ी नहीं हुआ। वह देखना चाहता था कि उसका बेटा उससे अलग है या नहीं। उसका संकल्प मज़बूत है या नहीं। उसने मना कर दिया। लड़का तुरंत याचना वाली मुद्रा में आ गया। वह चिरौरियाँ करने लगा। अधेड़ समझ गया, इस प्रेम का रेशा अलग है। पर तीव्रता इसकी वैसी ही थी जैसी वह स्वयं जानता था। उसने फिर भी मना ही किया और कहा कि पहले सबकी सहमति ले आओ फिर सोचते हैं। सबकी सहमति में बहुत वक़्त लगा। लड़की के घरवाले बहुत मुश्किल से माने। लड़का तपस्वियों की तरह लगा रहा। उनके क्रोध को सहता रहा। लड़की के पिता और भाई कई मौक़ों पर हिंसक भी हुए पर वह धैर्य के साथ उन्हें मनाता रहा। आख़िर उसकी ज़िद और ढीठता रंग लाई और वे इस शर्त पर माने कि लड़के को अपने पिता को भी राज़ी करना होगा। लड़के ने अब अपने अधेड़ पिता से कहा कि अब सिर्फ़ उनका आशीर्वाद बाक़ी है। अधेड़ ने अपनी हामी भरी। सबको मनाने में सात साल लगे। लड़का और लड़की अपने प्रेम पर विश्वास करते रहे। सात बरस बाद जब उसका बेटा दूल्हा बनने जा रहा था, तब आख़िर अधेड़ ने मान लिया कि अपने तात्विक रूप में भिन्न होने के बावजूद यह खरा प्रेम है। उसका बेटा प्रेम का निर्भीक योद्धा न सही एक सच्चा और धैर्यवान भक्त था। उसे अपने बेटे पर गर्व होने लगा।

अपने बेटे को दूल्हे के रूप में देखकर अधेड़ पिता अपने को भीतर से

बेहद भरा-भरा-सा महसूस करने लगा। बेटे के दोस्त ख़ूब नाच गाना कर रहे थे। उसने अपने बेटे की ओर देखा जो अपने दोस्तों के साथ डांस करने लग गया था। तमाम पारंपरिक वस्त्रों के साथ दूल्हे को एक गांभीर्य भी ओढ़ना होता है। इस वक़्त उसका बेटा अपने दोस्तों के साथ थिरककर इस औपचारिक भारीपन को उतारकर अलग कर रहा था। पिता को इस क्षण वह बच्चा नज़र आने लगा जो अपनी बाल सुलभ मुद्राओं को फिर उसके सामने अनायास ही रख रहा था। पिता को अपने बेटे पर दुलार आने लगा। पर बरसों पुरानी एक गहरी टीस उसके भीतर कहीं अब भी गड़ी थी। शादी के बाद उसने अपने नवविवाहित बेटे और बहू को पुल के नीचे पूजा के लिए चलने को कहा। बेटे ने जब पूछा कि पुल के नीचे क्या कोई मंदिर या थान वग़ैरह है तो वह बोला- "एक पुरानी नदी वहाँ बहती थी, नदी रूपा देवी। उसका आशीर्वाद लेना ही होगा।" कहते-कहते अधेड़ समय में कई बरस पीछे चला गया, इतना पीछे, जब वह पुल के किनारे खड़ा होकर नीचे झाँकता था और किसी बारिश वाले दिन नीचे बहती नदी के पास उसे वह लड़की दिखाई दी थी।

ढाबा

वह इस छोटे मैदानी शहर की सर्द रात थी। अरसे बाद वह यहाँ आया था। रात के 11 बजे के बाद का वक़्त था। वह चौराहे से एक तरफ़ कोने में दबे पान के केबिन के पास खड़ा था। वह भी बंद हो चुका था। आस-पास कोई हलचल नहीं। इक्का-दुक्का कोई गाड़ी आकर उस जमे हुए ठोस सन्नाटे को भंग कर रही थी। उसने एक नज़र कुछ ही दूर उस जगह पर डाली जो कभी कॉलोनी हुआ करती थी, जहाँ वह रहता था। जी हाँ, अब उस जगह कॉलोनी नहीं, बल्कि कई मंज़िल ऊँची कोई मीनार थी। इस मीनार में जगह-जगह लोहे की मशीनें लगी थीं जो उसे कोई दैत्यनुमा अजूबा बना रही थीं। आस-पास ही कहीं एक चाय की दुकान भी हुआ करती थी जो किसी ज़माने में उसकी पसंद का अड्डा हुआ करता था। चायवाला 30-35 की उम्र का आदमी हुआ करता था। उसके चेहरे पर ग़रीबी, बेचारगी और अपराधबोध की त्रयी के स्थायी भाव छपे थे। बिना कुछ किए चेहरे पर ग्लानि के निशान ग़रीबी के अस्थियों की मज्जा तक घुस जाने से बनते हैं। यह तय था कि वह चायवाला अब तक तो धरती के गाल से भी साफ़ किया जा चुका था। उस चाय की थड़ी का भी अब दूर-दूर तक कोई चिह्न नहीं था। ज़ाहिर था अब यह जगह उसके लिए नितांत अपरिचित थी। पर शायद नहीं। उसकी नज़र सामने पीली मरी हुई रोशनी में टिमटिमाते एक भोजनालय पर गई। आस-पास की रौशन मीनारों के साये में भी यह दुर्बल ढाँचा अभी बना हुआ था, इस बात में आश्चर्य था। उसे कुछ याद आया। हाँ, इसी जगह तब भी एक भोजनालय हुआ करता था जब वह यहाँ रहता था। नाम ज़रूर बदला हुआ लग रहा था पर उसे महसूस हो रहा था कि दिखने में कोई बड़ा बदलाव नहीं हुआ था। वैसे नाम पर उसने कभी

ग़ौर नहीं किया था, पर चूँकि वह सामने ही रहता था और कितनी ही बार उसका वहाँ से गुज़रना होता था इसलिए उसे याद था इसका नाम। बजरंग बली वैष्णव भोजनालय।

उसे अचानक घर जैसा महसूस होने लगा। इस सर्दी में उसे सामने दीखते ढाबे में से अपनेपन की धीमी आँच आने लगी थी। सर्द एकांत में उसे ढाबे का खुला होना बड़ा भला लग रहा था। वह इस नाउम्मीद समय में उम्मीद की तरह रौशन था। ढाबा अगर था तो तय था कि उसमें भट्ठी थी। और अगर खुला था तो तय था कि उसकी भट्ठी में ताप था। 'कितना सुखद होता है किसी चूल्हे का ताप' उसने सोचा। अपनी अंदरूनी भित्तियों से आभा बिखेरता, तमतमाया चूल्हा कितना सुंदर लगता है! एक क़िस्म की लाल रोशनी में चमकता। उसे सहसा तेज़ भूख का एहसास होने लगा। उसने फ़ैसला किया, वह ढाबे में जाकर छककर खाना खाएगा। उस वक़्त जो भी उपलब्ध होगा, उसे अच्छा ही लगेगा।

बीच की सड़क पार कर वह ढाबे पर पहुँचा। उसे तसल्ली हुई कि उसमें कुछ लोग थे। खाना खाने वाला ग्राहक शायद कोई नहीं था, स्टाफ़ ही खाना खाने की तैयारी में था।

खाना मिलेगा भाई साब? उसके इस सवाल पर एक आदमी ने उसकी ओर देखा और काफ़ी देर तक कोई जवाब नहीं दिया। उस आदमी ने पहले स्टाफ़ की तरफ़ देखा और वहाँ से तसल्लीबख़्श जवाब आने पर उसे अंदर आने का इशारा किया। वह एक ख़ाली टेबल पर बैठ गया।

"कभी यहाँ बजरंग बली वैष्णव भोजनालय हुआ करता था..."

उस मुसाफ़िर ने बात इस तरह अधूरी छोड़ी कि उसमें और कुछ न जोड़ा जाए तो भी काम चल जाए। पर उसकी बात का ग़ज़ब असर हुआ और जिस आदमी ने उसे खाने की टेबल पर बैठने का इशारा किया था उसकी आँखें चौड़ी हो गईं। उसकी दिलचस्पी मुसाफ़िर में अचानक से बढ़ गई। वह टेबल पर मुसाफ़िर के सामने आकर बैठ गया। उसकी इस हरकत से रात के इस वक़्त बचा हुआ स्टाफ़ हरकत में आ गया। तुरंत पानी रखा जाने लगा। प्याज़ और मिर्ची काटकर रख दिए गए। और टेबल पर एक थाली और दो कटोरियाँ रखी गईं।

मुसाफ़िर समझ गया था कि यह उसी बात का असर है और ढाबे का मालिक या संचालक या जो भी वह था, उसके सामने यों ही नहीं बैठ गया था। मुसाफ़िर ने आख़िर उससे पूछा- "आप इस ढाबे के मालिक हैं? क्या आप वाक़िफ़ हैं कि यहाँ बजरंग बली भोजनालय हुआ करता था?"

ढाबे का मालिक या संचालक कुछ नहीं बोला। मुसाफ़िर ने अपने पहले कहे में कुछ और जोड़ते हुए कहा- "असल में, सामने कभी गणेश कॉलोनी हुआ करती थी। मैं उसमें रहता था। यही कोई बीस बरस पहले..." उसकी बात को अधूरा छोड़ने की शायद आदत थी। या शायद उसका बोलने का तरीक़ा जो बात पूरी होने पर भी अधूरे की तरह छोड़ने वाला था।

"जिसकी तुम बात कर रहे हो वह ढाबा तो कब का बंद हो चुका।" आख़िर ढाबेवाले ने असह्य रूप से भारी और गाढ़े हो चुके मौन को तोड़ते हुए कहा, "वह भी क्या दिन थे!" वह कहीं जाता जा रहा था, गहरे उतरता जा रहा था। "मैं तब उसमें कुक था और मुझे बनवारी यहाँ लाया था। बनवारी- इस ढाबे का पहला मालिक। वह हनुमान जी का पक्का भक्त था। इसलिए सोचने की ज़रूरत थी ही नहीं और बजरंग बली भोजनालय इस दुनिया में आया। अपने आने के कुछ ही दिनों में ढाबा रौनक़ें भी ले आया। ग्राहकों की ठीक-ठाक भीड़ रहने लगी। ढाबे के अंदर धुआँ, सिके गेहूँ और मिर्च के बघार की गंध का अपना एक संसार बन गया।"

कुछ देर तक फिर से एक चुप्पी पसर गई। उसने आख़िर अपनी बात फिर शुरू करते हुए कहा- "एक असगुन अचानक बनवारी की ज़िंदगी में आ गया। बनवारी की बेटी अपनी शादी के ठीक दस दिन पहले मर गई। किसी ने उसका क़त्ल कर दिया। बनवारी को पता नहीं था पर लोग ऐसा मानते थे कि लड़की के प्यार में पागल एक शख़्स को उसकी शादी किसी और से मंज़ूर नहीं थी और वहशी ने उसका क़त्ल कर दिया। बनवारी गुड्डो से बहुत प्यार करता था और उसके साथ ऐसा होने पर पागल हो गया। बनवारी इस सदमे से कभी बाहर नहीं आ पाया। वह अचानक किसी के भी पीछे भागने लगता और चिल्लाता जाता, पकड़ो! यही है क़ातिल।"

"कई महीनों तक बंद रहने के बाद ढाबा बिक गया।"

"फिर इसे महादेव ने ख़रीदा। नाम दिया 'ए-वन' भोजनालय।"

"बहुत गंदा खाना था इस नए ढाबे का। फिर भी यह चलता रहा। यहाँ लोग खाना खाने के बजाय चाय पीने ज़्यादा आते थे। यहाँ की चाय बहुत फ़ेमस हो गई थी। ढाबे से ज़्यादा यह टी-स्टॉल था। तमाम तरह के लोग यहाँ आते थे। कॉलेज के छोरे-छोरियाँ, नौकरी वाले, रिटायर्ड, पार्षद, मंत्री, नेता सब। गँजेड़ी, भँगेड़ी, भिखारी भी। ख़ूब चला यह ठिकाना, पर महादेव के मन में सिर्फ़ चाय की दुकान होने की कहीं-न-कहीं टीस थी। वह नाम के अनुरूप इसे प्रॉपर ढाबा बनाना चाहता था। लोग जहाँ अपनी फ़ैमिली के साथ आएँ और ख़ूब डटकर खाना खाकर जाएँ। महादेव ख़ुद कुक ही था। ढाबे का मालिक बनने के बाद भी उसके अंदर का रसोइया जागा रहता था। असल में वह अपने आप को बहुत मँझा हुआ रसोइया मानता था। वह कलकत्ते में मारवाड़ी सेठों का रसोइया रह चुका था। इस बात की उसके मन में बहुत आँट थी। ग़ुरूर किस बात का था उसे यह मैं समझ नहीं पाया। जब ढाबा अपने खाने के लिए शुरू से ही नहीं चला तभी उसे समझ जाना चाहिए था कि यह हुनर उसके पास नहीं है। हाँ, मालिक होने के नाते वह किसी ढंग के कुक को रखकर कमा सकता था। और फिर चाय बेचकर पैसे तो वह ठीक-ठीक खड़े कर ही रहा था।"

वह मुसाफ़िर ढाबे के दूसरे मालिक की कहानी सुन रहा था पर न जाने क्यों उसकी दिलचस्पी इसके बाद थोड़ी कम हो गई थी। उसे तगड़ी भूख सता रही थी। सिके गेहुओं की गंध उसके दिमाग़ में उत्पात मचा रही थी। उसने अपने मेज़बान की तरफ़ देखा तो वह चौंक गया। उसकी आँखों की पुतलियाँ ऊपर चढ़ी हुई थीं। साफ़ तौर पर वह समय के किसी और ही तल पर खड़ा था। उसने अपनी भूख को भरसक क़ाबू में रखा और फिर से उसके बोलने का इंतज़ार करने लगा।

"मदादेव!" उसने फिर बोलना शुरू किया। "दो कौड़ी का रसोइया था यह बात ख़ुद महादेव की समझ में आ जानी चाहिए थी। पर वह कहाँ समझने वाला था! उस पर तो कलकत्ता का रसोइया सवार था। एक दिन उसने चाय का भगौना बाहर फेंक दिया और ढाबे पर नया बोर्ड टाँग दिया 'महादेव भोजनालय।' उसने चाय बनाने वाले कारीगर को नौकरी से निकाल दिया और तमाम लोगों से कह दिया कि चाय यहाँ नहीं मिलेगी।"

“और इस तरह यह भोजनालय एक दिन फिर से बंद हो गया। चाय पीने वालों ने शहर में नया अड्डा ढूँढ़ लिया। अच्छा खाना जिनको चाहिए था उनके लिए तो यह वैसे ही काम की जगह थी नहीं। लोग इस जगह को जल्द ही भूल गए। मैंने महादेव से यहाँ काम माँगा था पर उसने मुझे दुत्कार दिया, कहा, दो रसोइए यहाँ क्या करेंगे! मैंने कहीं और काम कर लिया। मुझे असल में बनवारी के इस ढाबे पर काम चाहिए था। मुझे काम की कमी नहीं थी। पर ख़ैर...”

मेहमान भूख से उतावला हो रहा था पर उसने अपने मेज़बान को वापस इस रात पर आने तक इंतज़ार करना ठीक समझा।

“बरसों तक यह ढाबा फिर बंद पड़ा रहा। इस बीच इस इलाक़े का काया-पलट होता रहा। गणेश कॉलोनी बिखरकर सपाट हो गई। उस पर एक मीनार खड़ी हो गई। कई कंपनियों के टावर इधर-उधर लगते रहे। इलाक़े में जगह-जगह सफ़ेद लाइटें लगती रहीं। पर इस बंद जगह पर चूल्हा बना रहा। बुझे चूल्हे में शायद कोई चिंगारी जली रह गई।”

“बनवारी को चैन शायद इस जगह पर ही मिलता था। बरसों तक पागलपन और नीमबेहोशी के बाद आख़िर वक़्त के हाथों मरहम-पट्टी से वह कुछ होश में आने लगा। उसके पास ज़्यादा कुछ था नहीं पर गाँव का खेत बेचकर उसने फिर से इस ढाबे को ख़रीद लिया। मैं फिर उसके साथ आ गया। आख़िर बनवारी मेरा दोस्त जो था। अब वह दिनभर यहीं बैठा रहता है। बहुत ज़्यादा रौनक़ तो नहीं पर थोड़ी बहुत से ही उसका मन लगा रहता है।”

उसने अपनी भूख के बीच पूछा- “अब तो लोगों की पसंद का ठिकाना होगी यह जगह?”

“अरे अब कहाँ, अब लोगों के लिए घर की रसोई कहाँ चाहिए! अब तो विदेशी नाम वाली चीज़ें काबिज़ हो गई हैं। गेहूँ की रोटी ने अपनी पकड़ खो दी है। अब तो बस ठीक-ठाक भर है। कोई परदेसी आ जाए, या गाँव से कोई भूला भटका आदमी...”

एक हल्की धप्प की आवाज़ से नौकर ने मेहमान की थाली में रोटी रख दी। साथ में गर्म, तेज़ मसाले वाली पीली दाल उसकी कटोरी में डाल दी। अब उससे रहा नहीं गया। उसने बिना मेज़बान की ओर ध्यान दिए उतावला

होकर खाना शुरू कर दिया। मेज़बान को उसका ध्यान ही कहाँ था! उसकी आँखों की पुतलियाँ अब भी उल्टी हो रखी थीं। वह अब भी बनवारी का पहला कुक बना हुआ था।

बूढ़ा और हाँडी

उम्र उसकी गहरे, बेहद गहरे कुएँ से पानी खींचने वाली रस्सी की तरह थी। लंबी, बहुत लंबी। चेहरा उसका सुदूर अतीत में कभी बसे और उजड़े, फिर कभी न बसे गाँव की तरह था। खंडहर। धराशायी। घर में उसके दो ही जने थे। वह ख़ुद और सन्नाटा। सन्नाटा, मकान की पुरानी दीवारों से टकराता-चक्कर खाता रहता। एक बेहद सूने घर में वह वृद्ध जैसे ख़त्म हो चुकी दुनिया में बचा अकेला विजेता था। सच में बाहर की दुनिया उसके लिए अप्रासंगिक थी। अंदर की दुनिया उसकी अपनी थी। अपनी तरह की। उसने अपने ज़माने में पाई जाने वाली विकराल क़िस्म की बीमारियों को पछाड़ा था। प्लेग, चेचक, टीबी और न जाने कौन-कौन-सी। वह सच में अपनी तरह का अंतिम विजेता ही था। उम्र को भी उसने खींचकर लंबा कर लिया था, पर उसके छोड़े निशान उसके शरीर पर हर जगह नुमाया थे। शायद इनकी उसे परवाह भी नहीं थी। असल में देखा जाए तो उसका शरीर कुल मिलाकर दिनों और बरसों का ही समुच्चय था। ठोस हाड़-माँस जैसा उसमें कुछ भी दिखता नहीं था। वह एक समय से भरा इंसान था। वह एक उम्र था।

उम्र के अलावा जो चीज़ उसके जिस्म में स्थायी रह गई थी वह थी सर्दी। किसी सर्दी में ठंड उसकी हड्डियों में इस क़दर घुस गई थी कि वह हर वक़्त, गर्मियों में भी, कोट पहने रहता था। कोट क्या था एक अनगढ़-सा आवरण था जिसे उसने रजाई फाड़कर बनाया था। घर में भी अक्सर वह अपने सबसे अंदर वाले कमरे में रहता था। शैय्याबद्ध। पिछले कुछ हर अरसे या बरसों से घर में भी वह और अंदर घुसता जा रहा था। पहले वह किसी कमरे में जाता तो बाहर भी निकल आता था पर इन सालों में वह घर के अंदर वाले कमरे

में घुसता तो कई दिनों तक बाहर नहीं दिखता था। इसी कमरे में एक बड़ी विचित्र-सी तस्वीर थी। गणेश जी की। तस्वीर में विशालकाय मूषक के पीछे गणेश जी का वामन-सा रूप था। कह नहीं सकते कि यह चित्रकार की ग़लती का परिणाम था या उसकी सनक का। इसके पीछे कोई भारी फ़लसफ़ा होगा इसकी संभावना कम ही थी।

एक छोटा तहख़ाना भी था घर में जो हमेशा बंद रहता था। इसमें बूढ़े के किसी निकट पूर्वज का भूत रहता था। निकट पूर्वज यानी उसके पड़दादा के भाई जिनकी शादी नहीं हो पाई थी और वे अविवाहित ही मर गए थे। ज़रूर अपनी उम्र लेकर ही मरे होंगे पर शादी नहीं हो पाई थी उनकी। उनके बारे में कहा जाता था कि उन्हें शादी को लेकर ज़बरदस्त उत्साह था। वे बचपन से ही शादी की हसरत पाले हुए थे। जवान होने तक तो यह हसरत सपनों की इमारतें खड़ी करती रही, पर वे जिससे शादी करना चाहते थे वह न सिर्फ़ किसी और की ब्याहता हो गई, बल्कि शादी करके अपने पति के साथ उस दूर देश चली गई जहाँ वह कमाता था। उसके बाद उन पूज्य पूर्वज के सपनों के महल्लात धराशायी हो गए। उन्हें लग गया कि शादी अब इससे संभव नहीं तो फिर किसी से न सही। उन्होंने अपने भाई के बच्चों में मन लगाना शुरू कर दिया। और आख़िर अपने भाई से यह वादा लेकर इस दुनिया से गए कि उनकी अस्थियों को गंगा जी में बहाने का ज़िम्मा उसके वंशजों का होगा। चाहे यह काम पूरा होने में कितने ही बरस लग जाए पर होगा ज़रूर। जब मृत्यु को कई बरस गुज़र गए और बूढ़े के इस पूर्वज को लगा कि उसका मोक्ष कहीं लंबित न रह जाए तो उसने बूढ़े यानी अपने भाई-भतीजों के वंशज को आगाह करने की ठानी। और वह अलग-अलग तरीक़ों से बूढ़े को तंग करने लगा। रात की दुर्लभ नींद में ख़लल। या खाने के सामान में बदमाशी। अचार में फफूँद लगा देना। तस्वीरों को उल्टा कर देना वग़ैरा वग़ैरा। इस तरह घर के तहख़ाने का दरवाज़ा खुला। असल में उस पूर्वज की अस्थियाँ भी उसी तहख़ाने में रखी थीं, वर्षों से। खूँटी पर पोटली में टँगी। गंगाजल में गलने के इंतज़ार में। बहुत अरसे तक कुछ जोग बन नहीं पाया उन हड्डियों को हरिद्वार ले जाने का। जब मुक्तिकामी भूत तहख़ाने में बंद किए जाने का विरोध कुछ ज़्यादा ही करने लग गया और उसकी व्यग्रता काफ़ी बढ़ गई और उसी अनुपात में उसके

उत्पात भी, तो वृद्ध ने हरिद्वार जाने का निश्चय कर ही लिया। एक और बात हुई जिसने वृद्ध के हरिद्वार जाने के निर्णय को अंतिम और पक्का बना दिया और वह बात थी निकट पूर्वज के भूत का बोलना।

एक दिन वृद्ध खाना खा रहा था। और भुनभुना रहा था। ज़ाहिर तौर पर वह अपने निकट पूर्वज पर ही क्रुद्ध था। "आप हर चीज़ ख़राब कर रहे है। आटे में कीड़े पड़ने लग गए हैं। पानी बेस्वाद हो गया है। अचार में फूलण (फफूँद) पड़ गई। घर पूरा दुर्गंध से भर दिया। ऐसा क्यों कर रहे हैं आप?"

और फिर वह हुआ जिसका क़तई इल्म नहीं था वृद्ध को।

भूत तहख़ाने के भीतर से बोल पड़ा, बल्कि फट पड़ा।

"तुम मुझे हरिद्वार क्यों नहीं ले जा रहे?"

आवाज़ साफ़ तौर पर तहख़ाने के भीतर से ही आई थी। वृद्ध अवाक् हो गया। रोटी का कौर हाथ में ही रह गया। मुँह बोलने के लिए खुला, पर खुला का खुला ही रह गया। यह एक ऐसी स्थिति थी जिसकी उसने कल्पना नहीं की थी। भूत की हरकतों तक तो ठीक था पर उसका बोल पड़ना! अब सब कुछ संदेह के परे था। ऐसा कभी हुआ नहीं था। तमाम प्रेतोचित हरकतें कहीं-न-कहीं गुंजाइश छोड़ती थीं कि शायद यह भूत की हरकत हो, शायद न हो और मन का वहम ही हो। या इसका कारण जरावस्था से उपजा मतिभ्रम हो। पर अभी-अभी जो 'कहा' गया था उसने तो उसके मन के दरवाज़े खोल दिए थे, बल्कि तोड़ डाले थे। उसे तुरंत इस मोक्षकामी आत्मा के लिए कुछ करना था। उसने उठकर हाथ धोए और उसी वक़्त हरिद्वार रवाना होने का निश्चय कर लिया। बेशक वह तुरंत रवाना नहीं हो पाया पर हरिद्वार जाना एकदम तय हो गया।

तो इस तरह आख़िर तहख़ाने का दरवाज़ा खुला। जब खुला तो अरसे से बंद पड़े वक़्त की धूल गिरने लगी। तहख़ाना अलग-अलग पीढ़ियों के वक़्त का बेतरतीब संग्रहालय था। वह धूल और अँधेरे से भरा था और उसमें कई तरह की चीज़ें पड़ी थीं जो उदासीन भाव से शून्य में ताक रही थीं। चीज़ें संदूक़ों और थैलों में ठुँसी थीं और बरसों की उपेक्षा के बाद अब ऐसी ही पड़ी रहना चाहती थीं। वे इस ज़िद से भरी थीं कि अब उन्हें इसी तरह पड़ा रखा जाए, और कहीं सरकाया तक न जाए।

निकट पूर्वज की अस्थियाँ पोटली में बंद किसी खूँटी पर टँगी थीं। निकट पूर्वज को भले मोक्ष की पड़ी थी, उनकी अस्थियाँ ऐसी ही शेष रहते समय तक टँगी रहना चाहती थीं। स्थगन में या विलंबित निलंबन में जैसे संतोष महसूस हो रहा हो उन्हें!

उन्हें खूँटी से उतारा गया।

और अस्थियों की पोटली थामे वृद्ध अकेले ही हरिद्वार के सफ़र पर निकल पड़ा। टिकट अलबत्ता उसे दो ख़रीदनी पड़ी, एक ख़ुद उसकी और एक उस सहयात्री की जिसकी अस्थियाँ उसके पास थीं।

इस संक्षिप्त यात्रा ने आगे चलकर बहुत बड़े बदलाव लाए। बूढ़ा अपने घर में मस्त था और बाहर की दुनिया से बेपरवाह था। वह अपने को बाहरी संसार से इम्यून मानता था। उसे लगता था बाहर के लोगों को उसमें क्या दिलचस्पी हो सकती है! पर ठीक-ठीक ऐसा था नहीं। बाहर के लोगों की अनगिन आँखें वृद्ध के घर की दीवारें भेदकर अंदर झाँकना चाहती थीं। बाहर की दुनिया उसके बारे में जानने के लिए बड़ी व्यग्र थी। और जैसे ही वह अस्थियाँ लेकर हरिद्वार निकला उसे लेकर लोगों की कई पूर्व धारणाएँ खंडित होने लगीं। लोग जो पहले उसे ही अश्वत्थामा समझने लगे थे, अब यह मानने लगे कि यह भी इसी लोक का है, नश्वर है और आम लोगों की तरह ही मोक्षकामी भी। जब उसे अपने पूर्वज के मोक्ष की चिंता है तो अपने की भी होगी ही। और लोग मानने लगे कि यह वृद्ध भी एक दिन इस दुनिया से ज़रूर जाएगा। उसके इस लोक से जाने के बाद भी उसका घर बना रहेगा। इस पुराने घर में जीवन का शोर रहा है। इस पुराने घर में कई पीढ़ियों से लोगों का निरंतर वास रहा है। इस घर में एक परिवार का आख़िरी सदस्य अब रह रहा है। इस घर से लोग ज़रूर विदा होते गए हैं, घर का सामान बाहर जाते किसी ने देखा नहीं है। यानी घर में कई पीढ़ियों से संपदा जमा होती रही है जो इसकी चारदीवारी में आज भी सुरक्षित पड़ी होगी। और पड़ोस के लोग उसके घर में आने के बहाने तलाशने लगे। एकदम से कुछ रिश्तेदार भी पनप गए। बाहर की दुनिया की रुचि उसमें बढ़ गई। बरगद की जड़ें घर की दीवारों में पसरने लगीं।

वृद्ध हरिद्वार में जिस काम के लिए आया था वह हो जाने पर काफ़ी हल्का महसूस करने लगा। घर से इतनी दूर आने के बाद उसकी इच्छा अब

घूमने की हुई। वह हरिद्वार-ऋषिकेश घूम लिया। पर उसका मन नहीं भरा। वह दिल्ली आ गया। दिल्ली शहर को देखकर उसकी आँखें फटी रह गईं। इतना बड़ा और लोगों से भरा शहर। ऊँची मीनार, क़िले, मक़बरे, पुरानी भारी-भरकम इमारतें! उसके भीतर ज़िंदगी का राग बजने लगा। वह चाँदनी चौक में तरह-तरह के भोजन का आनंद लेने लग गया। घर में वह अब तक कितना बेस्वाद खाना खा रहा था इसका एहसास उसे यहाँ हुआ। असल में खाने को लेकर अब तक उसकी कोई दिलचस्पी थी ही नहीं, पर अब उसे लगा भोज्य पदार्थों की भी एक अलग ही सृष्टि है। पके हुए अन्न की ख़ुशबू घ्राण संवेदनों को नया जीवन ही जैसे दे रही थी। जल्द ही जितने पैसे साथ लाया था वह ख़त्म हो गए। उसने पैसों को इस तरह ख़र्च करने के बारे में सोचा ही कहाँ था! बुरा-सा मुँह बनाते हुए, भारी मन से वह वापस लौट गया।

रिश्तेदारों को लगता था कि बूढ़े ने ज़रूर सोने-चाँदी की मुद्राएँ संग्रहीत कर रखी हैं। और अपने संग्रह को उसने अपने पूर्वजों के संग्रह में मिला लिया होगा, इससे कम-से-कम मुद्रा की एक बड़ी हाँडी तो ज़रूर भर गई होगी। और कि यह दिन उससे नज़दीकियाँ बनाने के लिए सबसे मुफ़ीद हैं। आख़िर सिक्कों की हाँडी का कोई तो वारिस बनेगा।

बात सच थी। बूढ़े के पास वास्तव में एक पुरानी हाँडी में मुद्राएँ थीं पर उसका ध्यान अब तक इस ओर नहीं गया था। अब लोगों की दिलचस्पी उसमें बढ़ गई थी, तो वह भी कुछ-कुछ समझने लगा। अब तक हाँडी कमरे की टाँड़ पर अकेली आत्ममुग्ध-सी ही पड़ी थी- द्रव्य-गर्विता। जिस हाँडी में दही होना चाहिए या जिसके चेहरे पर चूल्हे की धुआँती आग की कालिख होनी चाहिए उसमें चमकती धातु अपना बसेरा करे तो कौन नहीं इतराएगा! पर बूढ़े को इस हाँडी से कोई ख़ास लगाव नहीं रहा था। अभी भी नहीं था। पर उसके हरिशरण होने की संभाव्यता ने बूढ़े को हाँडी के भविष्य के प्रति आशंकित कर दिया। उसके बाद यह हाँडी किसी-न-किसी को तो मिलकर रहेगी। उसे इस द्रव्य-राशि को अलोप करने का कोई मंतर नहीं आता था। पर जो धन उसके अपने परिजनों को काल कवलित होने से बचा नहीं पाया उसमें इतनी ताक़त कहाँ से आती कि वह कुछ लोलुपों के क्षुद्र स्वार्थ की भेंट चढ़ने से ख़ुद को रोक पाता! वृद्ध के सामने यह स्थिति थी कि उसके बाद वह हाँडी किसी योग्य/अयोग्य,

भले/बुरे, वैध या अवैध वारिस के पास जाने वाली थी। इच्छुक वारिस उसके घर के आस-पास तो मँडराने लग ही गए थे। यह उस अंतिम विजेता यानी वृद्ध को कुछ स्वीकार नहीं हुआ। पर वह उन आवेदक-वारिसान के घर में प्रवेश को कितने दिन रोक पाता! कभी-न-कभी इस घर में उसके बाद भी कोई तो ज़रूर आ ही जाएगा। चाहे वह कितना ही दुत्कारे, लोग उसके जाने के बाद घर में घुसेंगे ही। ख़ाली घर ख़ुद ही बुला लेगा।

उसने पहले-पहल तो सोचा कि वह हाँडी के धन को ख़र्च कर दे। पर मुद्राएँ ज़्यादा थीं और उसकी आवश्यकताएँ और विलास सीमित। वह दान के पक्ष में हरगिज़ नहीं था। काफ़ी विचार के बाद भी वह किसी नतीजे पर पहुँच नहीं सका। पर एक दिन ऐसे ही बैठे-बैठे एक विचार ने उसे काट खाया। और उसने एक निश्चय कर लिया।

उसने अपने बचे दिनों में इस स्वर्ण-रजत मुद्रा हाँडी को ब्रह्मांड के ऐसे आयाम की भूल-भुलैया में 'गुम' कर देने की ठानी जो फिर सबके लिए अलभ्य हो जाए।

दुनिया, ईश्वर, रोग, दारिद्रय यह सब किसकी माया थे यह तो वह नहीं जानता था पर अब तक उसे चुनौती ही पेश करते रहे और वह जीतकर भी अपने कमज़ोर होने को जानता रहा। एक ऐसा शिकार जो अपने शिकारी को लंबी दूरी तक छकाता रहा। पर था वह शिकार ही, होना अंततः उसे शिकार ही था। वह चुनौतियों से जीतता भले ही रहा था पर दरपेश चुनौतियों से थक भी चुका था। आज तक पलटकर उसने किसी को किसी भी प्रकार की चुनौती नहीं दी थी पर अब उसकी तरफ़ से यही चुनौती थी कि आ जाए कोई भी, और ढूँढ़कर दिखा दे हाँडी।

और अब उसके दिन-रात यही सोचने में लग गए कि उसे इस हाँडी के साथ ऐसा कुछ करना है कि कोई भी चाहे तो इसे कभी ढूँढ़ न पाए। चाहे इसके लिए उसे इसे गाड़ना पड़े, फेंकना पड़े, आग में गला देना पड़े या कुछ और करना पड़े उसे। पर उसने अपने-आप से यह वादा किया कि इस हाँडी को वह इस तरह ठिकाने लगाएगा कि उसे कोई भी, कभी भी ढूँढ़ न पाए।

इंडियन स्पाइसेज़

(1)

वह ज़्यादातर चुप रहता था। इसके बारे में निश्चित रूप से कुछ कहा नहीं जा सकता था कि उसकी आदत कम बोलने की थी या उसे ज़्यादा बोलना पसंद नहीं था। एक बात जो काफ़ी भरोसे के साथ कही जा सकती थी कि उसके भीतर बोलने को लेकर कोई हिचक या संकोच जैसी बात नहीं थी। उसके चेहरे पर एक ख़ास तरह की दृढ़ता थी। वह शर्मीला क़तई नहीं लगता था। उसका चेहरा काफ़ी बड़ा था। उसके चेहरे के भूगोल का बड़ा हिस्सा रूखा, भावहीन और सपाट था। एक निर्जन समतल मैदान की तरह। अगर किसी तरह के भाव उसके चेहरे पर होते तो वे ज़रूर दिखते और कहीं से आकर उभरते तो भी दिखते। चेहरे पर कोई भी हलचल नुमाया हुए बिना नहीं रह सकती थी। वह भावहीन चुप्पा क़िस्म का इंसान था।

मैंने पहली बार उसे टिफ़िन सेंटर की कुर्सी पर बैठे देखा था। यह कोई कॉर्पोरेट ऑफ़िस नहीं था इसलिए उसकी कुर्सी और उसके गिर्द के परिवेश में कोई नफ़ासत नहीं थी। जहाँ रोटियाँ बन रही थीं उस जगह और सब्ज़ी दाल के बड़े भगौनों के पास का खाँचा उसका ऑफ़िस स्पेस था। एक कुर्सी रखे जाने जितनी जगह। पर यह जगह उसने अपने लिए ख़ुद मुक़र्रर की थी। वह ही इस टिफ़िन सेंटर का मालिक और एकमात्र मैनेजर संचालक जैसा कुछ था। इस तरह के किसी नामकरण को लेकर उसकी कोई चेष्टा भी नहीं थी। आस-पास रहने वाले विद्यार्थी और सेल्समैन-मार्केटिंग एग्जीक्यूटिव के कमरों में यहीं से टिफ़िन में खाना पहुँचाया जाता था। कई अनियमित ग्राहक यहाँ ख़ुद आकर भी खाना पैक करवाकर ले जाते थे। यह संचालक की कुछ

वक़्त पहले जगी महत्त्वाकांक्षा लगती थी कि उसने अपने टिफ़िन सेंटर में अतिरिक्त स्पेस निकालकर टेबलें लगवा ली थीं, ताकि ग्राहक सीधे गरमा-गरम खाने को उसी जगह भोग लगाने बैठ सकें। इस तरह यह टिफ़िन सेंटर और रेस्टोरेंट का हाइब्रिड मॉडल था। अपने लिए उसने इन्हीं सब वजहों से कुछ ख़ास जगह नहीं छोड़ रखी थी। उसे इसकी दरकार भी नहीं थी। उसके मिज़ाज को भी नहीं।

उसके बग़ल में गैस के एक बड़े से चूल्हे पर दो-एक लोग रोटी बनाने का काम करते थे और पीछे एक आदमी टिफ़िन पैक करने का काम करता था। उसके पास ही एल्युमीनियम के भगौनों में दाल और सब्ज़ियाँ रखी होती थीं जिन्हें वह पॉलिथीन की थैलियों में माप के अनुसार डालने का काम करता था। रोटी, दाल, सब्ज़ी के अलावा एक कंपलीट टिफ़िन में थोड़ा कच्चा प्याज़, कटा हुआ आधा नींबू और आधा पापड़ भी शामिल था। नियमित रूप से टिफ़िन मँगवाने वाले के लिए कम पैसे में यह एक्स्ट्रा चीज़ें सेंटर मालिक की तरफ़ से उदार होकर दिए जाने वाले तोहफ़े थे। यहाँ अचार का ज़िक्र रह गया, वह भी टिफ़िन में उपलब्ध होने वाले तोहफ़ों में शामिल था।

रोटियाँ बेलने और सेकने वाले लोगों और टिफ़िन पैक करने वाले स्टाफ़ के बीच भी यदा-कदा ही कोई संवाद होता था। ज़्यादातर ग्राहक नियमित यानी ऐसे थे जो इस जगह से किसी-न-किसी रूप में जुड़े थे और अपरिचित नहीं रह गए थे। पर कभी-कभार कोई बिलकुल नया बंदा यहाँ आता तो संचालक से अपेक्षा थी कि वह व्यवसाय सुलभ मुस्कान से उनका स्वागत करता। पर यह बिलकुल अलग ही क़िस्म की मितव्ययिता थी उसकी।

वह ग्राहक के ऑर्डर को लगभग मशीनी अंदाज़ में लेता। ग्राहक खाने के बारे में कहता, जैसे कि- "एक खाना पैक करके दीजिए।" इस पर वह कुछ भी प्रतिक्रिया नहीं देता और पीछे खड़ा आदमी उसके आर्डर पर पैकिंग शुरू कर देता। स्टाफ़ के लिए ग्राहक के ऑर्डर पर मालिक की प्रतिक्रिया से ज़्यादा उसकी पवित्र उपस्थिति भर ही अनिवार्य होती थी। बेशक मालिक का काम पैसे लेने का ज़रूर होता।

मालिक, स्टाफ़ और उपस्थित ग्राहकों में एक हैरान कर देने वाला रिश्ता पूरे समय बना रहता था। यह सब मिलकर एक मशीन बना रहे थे जिसके

पुर्ज़े अलग-अलग समय में हिलते थे पर उनमें तारतम्य पूरा दिखाई पड़ता था।

मालिक फिर भी कुछ हद तक एक मज़ेदार आदमी था। वह कम-से-कम एक बार मुस्कुराया था। एक ग्राहक ने यह बात इस दावे के साथ बताई कि इसे लगभग प्रमाण के तौर पर शुमार किया जा सकता है। ग्राहक ने पैसे दिए। उसने पैसे लिए और गिने। गिनने के बाद और उसके किसी और काम में व्यस्त होने के बीच के बारीक अंतराल में ग्राहक ने धन्यवाद कहा। इस अनपेक्षित अभिवादन पर वह शिष्टाचारवश आधा-अधूरा मुस्कुरा दिया था।

कुछ था यहाँ कि यहाँ एक बार आया आदमी लौटकर ज़रूर आता था।

(2)

उस लड़के का सारा खेल ठेले पर चलता था। वह चाइनीज़ का ठेला था। मंचूरियन ड्राई और विथ ग्रेवी में उसे महारत जैसी हासिल थी। लोगों की फ़रमाइश का वह ध्यान रखता था। जैसे कोई कहता बहुत स्पाइसी बनाना तो वह आग परोसता था, कोई कहता बच्चों के हिसाब से ज़्यादा तीखा नहीं तो वह उस तरह कस्टमाइज़ कर तैयार करता था। उसकी उम्र ज़्यादा नहीं थी। और वह नेपाली नहीं था। उसके ठेले का नाम कोई स्थानीय देवी के नाम पर था। उसके साथ चाइनीज़ जुड़ना थोड़ा अलग लगता था। पर नाम पर कौन ग़ौर करता था! एक भीड़ उस लड़के के भरोसे जुटी रहती थी। शाम को उसका ठेला लगते ही लोगों का उसके ठेले पर मँडराना शुरू हो जाता था। कई वहाँ बैठकर या खड़े-खड़े ही ज़ायक़े का लुत्फ़ लेते, कई अपने बच्चों के लिए पैक करवाकर घर ले जाते। कई अपनी प्रेमिकाओं के साथ उनकी ख़ास फ़रमाइश पर वहाँ आते।

लड़के के हाथों में ग़ज़ब की फुर्ती थी। वह एक ही काम को हज़ारों बार कर चुका था। वह रोज़ न जाने कितनी ही बार मसालों के सटीक मिश्रण और ठीक-ठीक आँच की कीमियागरी के साथ बिलकुल एक जैसा ज़ायक़ा परोसता था। गैस चूल्हा, कड़ाही, छन-छन और कई पदार्थों में झपट पड़ता उसका हाथ आख़िर में कड़ाही में छूटता था। उसके हाथ से कच्ची सामग्री के कड़ाही में छूटते ही छन्न की आवाज़ के साथ मसालेदार धुएँ का एक छोटा बादल कड़ाही के गिर्द तैरने लग जाता। लोग मंत्रमुग्ध से उसे देखते थे। कई

लोगों को संदेह था कि वह चीन से ट्रेनिंग लेकर आया है। यह संदेह कई लोगों के लिए दावे में बदल जाता। उसे लेकर उसके प्रशंसक अतिशयोक्तिपूर्ण दावे भी करने लगे। जैसे कुछ नियमित ग्राहकों का मानना था कि अकेले में वह चीनियों की तरह चॉपस्टिक्स से खाता है। कुछ लोग यहाँ तक भरोसा करते थे कि वह मंदारिन जानता है। तो कुछ की सनक उसे चीनी जासूस घोषित कर रही थी। ख़ैर, ज़्यादातर का मानना था कि चीन तो दूर की कौड़ी है पर हांगकांग ज़रूर वह गया होगा। यद्यपि उसे देखकर कोई भी समझदार तो यही कहेगा कि वह इस शहर से बाहर शायद ही कभी गया होगा। और ऐसा ही था।

उसका काम सिर्फ़ कुछ-न-कुछ बनाना ही था। पैकिंग का काम एक दूसरा लड़का करता था। एक बार ऑर्डर जितना बनाने के बाद वह दूसरे ऑर्डर पर लग जाता, फिर तीसरे और बाद में चौथे। इस तरह अपने-आप को हर बार दोहराता था। उसका व्यक्तित्व ऑर्डर लेने की प्रतिक्रिया से बनता था फिर हर ऑर्डर पर अपने को दोहराता था। उसे किसी ने बोलते हुए सुना नहीं था। उसके आस-पास से कोई आवाज़ आती थी तो वह छन्न की आवाज़ थी। वह मसालों की तीखी गंध वाले धुएँ में लिपटा रहता था। आस-पास खड़े लोगों के नथुनों की श्लेष्मा झिल्ली को रगड़ता तीक्ष्ण धूम्र ही उसका कुल व्यक्तित्व था।

आप उसकी तारीफ़ नहीं कर सकते। 'कुछ अच्छा बना है' कहने से न तो वह ख़ुश होता था, न ही नाराज़। कोई नई बात नहीं थी यह कहना कि तुम एक उम्दा कारीगर हो।

(3)

उस जगह ख़ासी चहल-पहल थी। यह फ़ास्ट फ़ूड का एक जटिल संकुल-सा था जो शहर के एक बेहद जाने-पहचाने चौराहे से कुछ ही दूर था। चौराहे पर एक बड़ा गोलाकार पार्क बना हुआ था, जहाँ शाम के समय बच्चे ज़िद करके अपने परिवारों को लाया करते थे। वे सब उस पार्क में एकाध घंटे बिताकर वहाँ से वापसी करते। वापसी का यह रास्ता सीधे घर की ओर नहीं जाता था, बल्कि आग, गंध, और स्वाद के इस बेतरतीब भीड़ भरे लेकिन मादक जंगल से उलझता हुआ घरों की ओर लौटता था।

चाइनीज़ सबकी पहली पसंद था। मुंबइया, पंजाबी और साउथ इंडियन भी पसंद में होड़ लेते थे। चाइनीज़ के नाम पर जो कुछ भी दिया जाता था वह बीजिंग में परोसे जाने वाले वेज जंक से कितना मिलता था, मिलता भी था या नहीं यह सब सवाल बेमानी ही थे। इस तरह के सवाल अगर होते भी थे या किए भी जा सकते थे तो उसकी जगह फ़ेसबुक थी।

ख़ूब सारी टेबल्स और प्लास्टिक की कुर्सियाँ। फ़ास्ट फ़ूड की कई सारी दुकानें।

जय भोले चाइनीज़ से मुंबई जंक्शन तक। नामों में कहीं इनोवेशन लगता तो कहीं चलताऊ रवैया सामने आता था।

तेज़ रोशनी चुभती-सी, और यहाँ वहाँ उड़ते कीट।

वे दोनों मेरे पास वाली टेबल पर आमने-सामने बैठे थे। लड़के ने ख़ूब दाढ़ी उगा रखी थी जो उसके चेहरे पर ठीक-ठाक लग रही थी और उसके बेतकल्लुफ़ होने को और मज़बूती से सामने लाती थी। लड़की कुछ ओवरवेट थी। माफ़ करें अगर यह कहना गुस्ताख़ी लगे। अगर आप मानते हैं कि आजकल ओवरवेट के लिए कोई सलीक़ेदार लफ़्ज़ इस्तेमाल होना चाहिए तो मैं अपना शब्द वापस लेकर कहूँगा कि वह लड़की खाते-पीते ख़ानदान से ताल्लुक़ रखती थी। उसका चेहरा गोल और बड़ा था।

वे दोनों कुछ देर से आमने-सामने चुप बैठे थे। वे बड़ी देर तक चुप बैठे रहे। कोई एक-दूसरे की तरफ़ भी नहीं देख रहा था। किसी के चेहरे पर रंज या ग़ुस्सा नहीं। शायद वे दोनों प्रेमी थे। बहुत थोड़ी संभावना उनके ठीक-ठाक दोस्त होने की भी थी। पर सिर्फ़ दोस्त होने में जो बेतकल्लुफ़ी होती है वह उनके बीच नहीं थी। स्थगित संवाद के बावजूद मन यह मानता था कि वे आपस में प्रेम में थे। वे अपने-अपने काम से थककर आए हो सकते थे, बल्कि ऐसा ही था। लड़की के सुंदर चेहरे पर थकान साफ़ दिख रही थी। लड़के के चेहरे पर दाढ़ी ने बेशक उसे छुपा रखा था पर वह जिस तरह से टेबल के नीचे पाँव पसारकर बैठा था उससे साफ़ था कि वह भी थका हुआ था। वे दोनों इतने थके हुए थे कि कुछ भी बोलना उनके लिए और थकाने वाला काम था। लड़के ने वेटर के इस बार फिर पूछने पर कुछ ऑर्डर किया। थोड़ी देर बाद वेटर ऑर्डर रखकर चला गया। वे दोनों खाने लगे। खाने को

लेकर कोई गहरा राग उनमें नहीं था। उनके आस-पास रौनक़ थी। हर कोई अपनी पसंद की चीज़ें खाने में व्यस्त था। बच्चे ख़ासे ख़ुश थे। उनके माँ-बाप भी एक अच्छे दिन के शानदार समापन में लगे थे। ख़ुशियों के बीच वे दोनों अपनी थकान के दायरे में थे। वे चुपचाप खा रहे थे। वे एकाध बार एक-दूसरे की ओर देख रहे थे। उन दोनों का एक-दूसरे की ओर देखना अलग-अलग समय में हो रहा था। लड़की जब दाढ़ी वाले लड़के की ओर देखती तो वह लड़का नीचे नज़र किए खा रहा होता। लड़का जब लड़की की ओर देखता तो लड़की 'कहीं और देखती पर कहीं नहीं देखती' धीरे-धीरे मुँह हिला रही होती। इससे दोनों को कोई शिकायत नहीं थी। इससे किसी को कोई शिकायत नहीं थी। न आस-पास के लोगों को। वे पास बैठकर ही संतोष में थे शायद। कुछ कहने-बोलने की ज़रूरत महसूस नहीं की जा रही थी।

अब मुझे यह विश्वास हो गया था कि वे असल में गहरे प्रेम में थे। मेरे इस विश्वास के बहुत बाद लड़की ने लड़के को एक भरपूर नज़र से देखा। और उसके बहुत बाद लड़के ने पैसे चुकाए और वे दोनों वहाँ से साथ-साथ निकल गए।

शहर में एक श्वेत-श्याम पासपोर्ट साइज़

स्मृति के कोई दर्जन भर स्थिर-चित्रों से बना था उसका शहर। उसका शहर पतली सड़कों और बक्सेनुमा मकानों का संकुल न होकर कुछ चित्रों की लड़ी था। इस लड़ी को दोनों सिरों से कहीं बाँध दो तो रंग-बिरंगी झालर की तरह दिखने लगता था यह शहर। शहर की जो तस्वीरें उसकी मिल्कियत थीं उनमें एक तो थी चौराहे के आइसक्रीम पार्लर की। और एक कच्चे, पीले रास्ते की जो कहीं ले जाने के बजाय भटकाता ज़्यादा था (वैसे यही इसका सुख भी था)। एक कोने की थी जो दो ऊँची दीवारों के मिलने से बना था। दोनों दीवारों में से एक में बीचो-बीच पीपल उगा था और शाख़ें दीवाल फोड़कर बाहर आ रही थीं।

एक तस्वीर स्कूटर मैकेनिक की दुकान वाली थी। एक हैलोजन लाइट फेंकते खंभे की। और एक पोस्ट-बॉक्स की भी। ऐसी ही कुछेक और तस्वीरों से बना था उसका शहर। पर हाँ एक तस्वीर जिसका अभी ज़िक्र नहीं हुआ और जो बाक़ी की रंगीन छवियों से जुदा थी और जिसके बिना उसका यह शहर स्मृतियों का नगर नहीं बन सकता था, वह एक ब्लैक एंड वॉइट फ़ोटो थी। बाक़ी ग्यारह-के-ग्यारह चित्रों के रंग फ़ीके पड़ते जा रहे थे पर इस श्वेत-श्याम छवि को वह हर दिन नवीन और युवतर होते हुए ही देखता था।

असल में ब्लैक एंड वाइट फ़ोटो शहर की तस्वीर नहीं थी। यह तो एक लड़की का पासपोर्ट साइज़ फ़ोटो था। यह एक फ़ोटो ज़रूर था पर इस पर नज़र पड़ते ही एक पूरा एल्बम उसके सामने खुल जाता था। एल्बम के हर चित्र में वह लड़की ज़रूर होती, बल्कि वह लड़की ही होती। अलग-अलग मूड, मुद्राओं में। कई बार तो उस एल्बम के एक ही फ़ोटो में लड़की अलग-

अलग वक़्त में अलग मुद्राओं में नज़र आती थी। अक्सर जैसे उसके सामने फ़ेसेज़ बनाती हुई। उसे सामने देखकर तो और भी मुँह बिगाड़ती-सी लगती थी।

शहर की स्मृतियों की पन्नियाँ। रंग-बिरंगी। चित्रित। उड़ती हुईं, लहराती हुईं। हवा में अपना संतुलन खोती यह पन्नियाँ कितनी भली लग रही थीं। पर इस समय उसके सामने जो वर्तमान का शहर था वह अलग था। उस शहर से जुदा जो उसी की कुछ पुरानी यादें धुँधला नक़्शा उतारे थीं। वह सोचने लगा, आया तो वह उसी शहर में था! फिर क्या हुआ कि उसकी याद के स्टिल्स से बना शहर कोई और शहर मालूम होता था। इस ज़िंदा से लगते शहर से जुदा। स्पर्श से भी जिसे पहचाना न जा सके।

स्पर्श पहचान करने की आख़िरी हद होता है।

कैसे कोई वृद्धा बरसों बाद परदेस से आए पाँव छूते पोते की तस्दीक़ उसे जगह-जगह से छूकर करती है। यहाँ इस नए शहर में जितना मर्ज़ी अपना पुराना खोजने की वह कोशिश करता, उसे कोई और ही शहर हाथ लगता। उसे शक होने लगा कि कहीं वह किसी अनजान शहर में तो ग़लती से नहीं आ गया। उसने सिर उठाकर देखा, शहर का वही दुर्ग मज़बूती से खड़ा था।

वह और ज़्यादा परेशान हो गया। दुर्ग उसका पहचाना था पर शहर से फिर भी जान-पहचान निकल नहीं रही थी। क्या दुर्ग शहर का हिस्सा था या शहर इसके पड़ोस में बसा हुआ था? क्या शहर ख़ानाबदोशों का डेरा भर होता है? कि कुछ बरस किसी क़िले के बग़ल में डेरा डालो और फिर कहीं और के लिए निकल लो। पीछे कोई नया क़ाफ़िला अपने खच्चरों-टट्टुओं के साथ तैयार खड़ा है इसी जगह कुछ बरस डेरा डालने को।

वह भी एक यायावर की तरह इस जगह आया था। आने के कई दिनों तक वह संकोच में रहा। शहर उसके लिए सिमटा रहा तो बाँहें उसने भी नहीं फैलाई। वह चाय की दुकानों में नर्माहट ढूँढ़ता रहा। फिर एक दिन उसकी दोस्ती एक जूते-चप्पलों के दुकानदार से हुई। वह गया था अपने लिए एक जोड़ी नए जूते ख़रीदने और साथ में एक दोस्त मुफ़्त में ले आया। दुकानदार उसकी उम्र का ही था। कह रहा था बड़े भाई साब और वह साथ में चलाते हैं यह दुकान। पैसा भाई साब का है और बैठता वह है। जेंट्स और लेडीज़ दोनों

के लिए जूते-सैंडल रखता है।

दोस्ती लगातार बढ़ती गई। हीरालाल था दुकानदार का नाम। दिखने में सुंदर। वह शाम को वहीं बैठने लगा। हीरालाल की दुकान उसकी बैठक हो गई। एकाध घंटा गप्प मारकर, चाय पीकर ही उठता वह। हीरालाल को भी उसकी संगत अच्छी लगती थी।

एक दिन...

शाम का वक़्त था। दुकान पर वह बैठा था। हीरालाल कहीं गया हुआ था। यह कोई नई बात नहीं थी। हीरालाल उसके आने पर कई बार सिगरेट पीने पान के केबिन पर चला जाता था। दुकान में सिगरेट न पीने का उसूल था उसका। उसी समय एक लंबी-सी लड़की दुकान में आई। वह एक आम ग्राहक थी। उसे अपने लिए सैंडल चाहिए थे। उसने उस लड़की को रुकने के लिए कहा। हीरालाल आने ही वाला था। लड़कियाँ परदेसियों को पहचान जाती हैं। कुछ मिनट की देरी के बाद उस लड़की ने उससे पूछा था कि कितना वक़्त हो गया इस शहर में आए हुए, उसने दिन गिनकर बता दिए।

जैसा क़स्बाई प्यार में होता है, परदेसी से दिल लगाने का मामला ख़तरनाक पर अनिवार्य-सा होता है। छोटे शहरों की मुट्ठी में बँधे लोग अक्सर एक-दूसरे के पास आने को अभिशप्त होते हैं। वह दोनों अक्सर एक-दूसरे को दिख ही जाते थे। वहाँ कई दिनों या महीनों की आँख-मिचौली संभव ही नहीं थी। कोई दूर देश का ही प्रेमी हो सकता है एक क़स्बे की प्रेम कथा में। वर्ना हीरालाल ही क्या बुरा था! हीरालाल में एक प्रेमी की सारी ख़ूबियाँ तो थीं पर क़स्बे का प्रेम दूरियों और अपरिचय के तंतुओं से बनता है। उस परदेसी के रिश्ते-नातों की डोरियों का गुच्छा सुदूर में कहीं था जिसे वह लड़की नहीं जानती थी। उस परदेसी का घर, उसके परिजन उस लड़की के लिए अस्तित्व में नहीं थे। वह उस 'बार गाम' के लड़के को ही उसके 'संपूर्ण' के रूप में जानती थी।

लड़की की तरफ़ से एक महीन, सूक्ष्म और क्षणिक मुस्कान ने पहले से ही मौजूद हेडी मिक्स में तूफ़ान ला दिया। वह एक तीव्र बहाव में बह गया जिसके ख़िलाफ़ जाने की उसने कोई कोशिश नहीं की। असल में उसे समझ में आने से पहले ही यह सब घटित हो गया।

उस लड़की के साथ इस नए जन्मे रिश्ते में भले ही वासना या हवस ढूँढ़ी जाए पर यह था प्रेम ही। ठीक-ठीक किताबों वाला या अपने परिशुद्धतम रूप, जैसा प्राचीन समय से लिपिबद्ध है वैसा नहीं पर प्यार वाला ही प्यार। इस ज़माने वाला भी नहीं। छोटे शहर-क़स्बों वाला, अगर सटीक रूप से कहा जाए।

लड़की हीरालाल की दुकान पर एकाध बार ही आई, फिर नहीं आई। हीरालाल को वह अपने प्यार की जानकारी देना नहीं चाहती थी क्योंकि वह भले उसके महबूब का दोस्त था, पर था वह असल में उसका अपना शहर जिस तक वह अपने प्यार की फुसफुसाहटों को पहुँचने नहीं देना चाहती थी। शहर चाहे उसका पिता, भाई या दोस्त ही क्यों न हों, प्यार के मामले में क्रूर बनते देर नहीं लगती।

उसे एक कहानी की याद हो आई जिसमें झामन ने अपनी ही बेटी का क़त्ल कर दिया था। वह बेटी जिसने एक परदेसी को दिल दे दिया था। बाद में झामन ने भी एक पेड़ से लटककर फाँसी लगा ली थी। एक बिलकुल तन्हा खड़े उसी पेड़ से झामन के रोने की आवाज़ें क़स्बा कई बरस सुनता रहा था।

लड़की के दुकान पर न आने से उसने भी अपने दोस्त हीरालाल को छोड़ दिया। उस छोटे से, कम आबादी के शहर में वह और लड़की कोने तलाशने लगे। शुरू में शहर में एकांत के अनेक द्वीप थे जहाँ वे समय से परे चले जाते थे, पर धीरे-धीरे वे सब ठिकाने उन दोनों में पैदा होते किसी अनजान भय के कोहरे में डूबते गए। अब उन्हें शहर में कोने मुश्किल से नसीब होने लगे थे। उसे उन दिनों शहर अचानक आबादी से भरा, भीड़ से ठसा शहर लगने लग गया। वह बमुश्किल लड़की को मुख्य सड़क पर आते-जाते ही देख पाता था। उसकी ख़्वाहिशों में लड़की को देखना भर रह गया था। वह सड़क पर एक दिन सबके सामने लड़की को चूमना चाहता था। पर लड़की का दिखना भी उसके लिए उत्सव जैसा हो गया। वह छोटा शहर उसके लिए महानगर-सा हो गया। और उसमें जैसे वह लड़की गुम हुई जा रही थी।

और एक दिन वह लड़की उस शहर से ग़ायब हो गई। एक आदमक़द एहसास बना रह गया। फिर उसके अस्तित्व से भी उस लड़की की उपस्थिति फिसलने लग गई। दुनिया के मेले में लड़की का हाथ उससे छूट ही गया

था, उसकी आत्मा से भी वह लड़की जाती रही। पर उसका भार वह महसूस करता रहा।

शहर छोड़ने से पहले उसके पास उस लड़की का ब्लैक एंड वॉइट फ़ोटो था। पासपोर्ट साइज़ का। वह फ़ोटो ही अब उसके लिए वह लड़की था। वह गुम भी गया तो भी उसका प्रिंट उसके मस्तिष्क में बना रह जाने वाला था। लड़की जैसे तिल-तिल उससे आज़ाद हो रही थी। पहले वह कहीं चली गई, फिर उसकी मौजूदगी, फिर उसका एहसास और अब अरसे बाद लड़की की उपस्थिति का भार भी उसके मन से जाता रहा। पर इससे उसे काफ़ी अच्छा लगने लगा। वह इस प्रक्रिया में ख़ुद भी जैसे लड़की के पाश से छूटता गया था। उसने शहर को शुक्रिया कहा।

फिर से इस शहर में किसी सड़क के कोलतार पर चलते उसके जूतों के सोल चिपक रहे थे। गर्मी ने कोलतार को गर्म लिसलिसे द्रव में बदल दिया था। पर उसकी याद में उतरा शहर ठंडा था। आसमान से नर्म बर्फ़ गिर रही थी।

मरते हुए आदमी का शुक्रिया

इस आदमी के जीवन में बहुत सारे ऐसे मौक़े आए हैं जब उसकी इस जीवन से विदाई हो सकती थी, बल्कि शर्तिया होनी चाहिए थी। पहली बार, जब वह काफ़ी छोटा था, ऊँट ने अपने जबड़े से उसके माथे को भींच लिया था। यह अप्रत्याशित था। उस वक़्त ख़ुद उसके घर कई ऊँट थे। और उसका ऊँटों से काफ़ी दोस्ताना भी क़ायम हो चुका था। फिर इस तरह के व्यवहार के लिए ऊँट जैसा अपेक्षाकृत शांत बाशिंदा जाना भी नहीं जाता था। पर यह घटना हो गई थी। इस गंभीर घटना के बावजूद अंततः वह बच गया। क़िस्मत ने जैसे एक सौदेबाज़ी के तहत, जिंदग़ी भर के लिए मस्तक पर रहने वाले अटपटे से निशान के बदले उसकी ज़िंदग़ी बख़्श दी।

कुछ और साल बाद या जवानी में कभी, एक बार एक पागल कुत्ते ने उसे काट खाया। उसकी पिंडली से गोश्त का एक टुकड़ा कुत्ते ने खींच लिया था। उस ज़माने में पागल कुत्ते के इंजेक्शन चलन में नहीं थे या उसने समझदार लोगों की सलाहें अनसुनी कर दी थी, उसने सिर्फ़ लाल मिर्च का पाउडर घाव पर भरा। और वह फिर बच गया। कुत्ता मर गया। उस कुत्ते की जान लेकर उसे जीवित रहने का वरदान मिल गया।

फिर एक बार एक प्राचीन और स्थिर मिट्टी का विशाल ढूह उस पर गिर पड़ा। काफ़ी समय बाद जब मिट्टी को हटाया जा सका, वह अधमरा लेकिन ज़िंदा निकला।

इन तमाम और ऐसे कई छोटे-मोटे मौक़ों के बावजूद वह आदमी जीवन को दृढ़ता से पकड़े रहा है। या हो सकता है किन्हीं विचित्र कारणों से मृत्यु उससे लड़ाई नहीं करना चाहती थी। वैसे भी ज़िंदग़ी और मौत दो ऐसी शै हैं

जिनकी अपनी सनकें होती हैं।

वह आदमी अपनी मृत्यु के संभावित कारणों में अब बहुत बड़े और असंभाव्य कारण ढूँढ़ने लगा था। वह सोचने लगा था कि अगर उस पर उल्का गिरे तो क्या वह बच पाएगा? बिजली गिरने पर बचने की संभावना कितनी होगी? किसी बड़े समुद्री जहाज़ के बीच समंदर में डूबने पर क्या उसे कोई ताक़त बचा पाएगी? किसी विराट झंझा, जादूगर के विलोपन, पीवणा साँप के ज़हर इत्यादि से भी उसका बचाव संभव है?

पर मृत्यु के इस तरह के सोचे गए कारणों में से किसी की नौबत नहीं आई। वह एक लंबे समय बाद इस जीवन से विदाई ले रहा है। पर्याप्त दीर्घ जीवन के बाद विदा होना स्वाभाविक है। इसलिए अब किसी कारण को ढूँढ़ने की ज़रूरत नहीं थी। हालाँकि कोई भी यह सोच सकता है कि तमाम मौक़ों पर हैरतअंगेज़ रूप से ज़िंदा बचा रहने वाला इंसान अपनी ज़िंदग़ी मामूली ज़ुकाम को देकर जा रहा है। पर ठीक है, ख़ुद उसे तो इसका कोई मलाल नहीं। और फिर यह कोई अप्रत्याशित तो है नहीं। अच्छी बात यह है कि वह इस दुनिया को इस तरह छोड़कर जा रहा है कि इसके छूटने का पता उसको बख़ूबी है। जाते वक़्त उसकी चेतना एकदम से नहीं बुझी, वह धीरे-धीरे उसके शरीर से जाती जा रही है। इस वक़्त जो भी गिले-शिक़वे थे, और वे ज़्यादा नहीं थे, उसने सब भुला दिए। अब उसके मन में सिर्फ़ आभार जैसा कुछ है।

यह अंतिम यात्रा पर जाने से ठीक पहले के कुछ पल हैं। उसकी चेतना अब सिर्फ़ आँखों में है। और इन्हीं आँखों से वह अपने सामने खड़े या बैठे कुछ लोगों को भरपूर कृतज्ञता से देखता है। उसका यह और यूँ देखना शायद आख़री बार देखने जैसा है।

"तुम!"

वह सामने खड़े आदमी को ऐसे देख रहा है जैसे कह रहा हो- "शुक्रिया तुम्हारा, रेत पर लंबी यात्राओं में पगथलियों को दाह से बचाने का। रास्ता लंबा था और उस दिन रेत धधक रही थी। तुमने अपने घर की मटकी का ठंडा पानी पिलाया था जिसने आगे के रास्ते को तनिक आसान कर दिया था। उस गर्म बेचैनी के सिलसिले को तुम्हारे घर के परिंडे ने ठंडा सुकून दिया था। बालू की आग पर आगे भी चलना था पर दो गिलास पानी पिलाकर तुमने जैसे ठंडक

को पाँवों में पहना दिया था। उस ठंडक से बनी चप्पलों में तुम्हारी ही मटकी की नमी काम आई थी।"

"और तुम्हारा भी, भाई। जिस बरस सर्दी ने अस्थियों की मज्जा तक को झिंझोड़ दिया था उस जाड़े की सुबहों का सूरज तुम्हारी ही कंबल का ताप लाता था।"

"और दोस्त तुम क्यों ख़ामोश खड़े हो? चूना मिले ज़र्दे पर तुम्हारी थाप गप-गोष्ठियों को जीवंत कर देती थी। इसी थप-ध्वनि ने हर बार किसी कातर क्षण में रुँधे गले को आवाज़ दी थी, तुम्हारा भी शुक्रिया है।"

"तो मित्रो!" जैसे यह कहते हुए उसकी आँखें तेज़ी से मुंदती जा रहीं थीं, "सब छोड़ जा रहा हूँ मैं, साथ में यह उधारियाँ भी।"

सुबह-शाम की किताब

(एक)

आबादी यहाँ कई सालों से थी। पीछे की पहाड़ियाँ ही इससे ज़्यादा पुरानी थीं। बाक़ी कुआँ, पेड़, मंदिर सब धीरे-धीरे बनते रहे। आदमी के पैर यहाँ सबसे पहले पड़े। फिर कुआँ खुदा, घर बने, पेड़ उगे और मंदिर बना। भगवान तो हमेशा उनके बीच रहा होगा पर उसकी ज़रूरत सबसे बाद में महसूस हुई। यूँ मंदिर भी अब तो ख़ासा पुराना हो गया था। दो-तीन बार उसका जीर्णोद्धार हो चुका था। उसकी पठियाल में कई लोगों ने अपने दिवंगतों की याद में राशि दान करने का विवरण प्रस्तरों पर सगर्व अंकित करवा रखा था। मंदिर में लोगों ने कई स्थायी महत्त्व की चीज़ें भेंट स्वरूप दी हुई थीं। किसी ने घंटा चढ़ा रखा था तो किसी ने तस्वीर। किसी ने गर्भगृह की चौखट पर चाँदी चढ़वाई थी। एक जना फ्रिज दे गए थे। मंदिर ठीक-ठाक संपन्न दिखाई पड़ता था।

मंदिर अगर इस आबादी की सामूहिक गतिविधियों का केंद्र था तो इसके चारों तरफ़ घनी आबादी का संकुल था। घर एक-दूसरे में घुसे हुए जान पड़ते थे।

आबादी के इस घर के अंदर अभी-अभी एक दुल्हन आई है और दूल्हे के साथ उसकी पहली 'जात्रा' की तैयारियाँ चल रही है। जात्रा सामने के चबूतरे पर ऊर्ध्व गड़ी शिला पर उत्कीर्ण एक मानव प्रतिमा की हो रही है जिसका रक्त वर के कुटुंब में दौड़ रहा है। इस पूर्वज की मृत्यु का उल्लेख शिला पर पूरे विवरण के साथ अंकित है... घटि, पल, नक्षत्र, वार, संवत सहित। कुटुंब के हर नवविवाहित को वधु के साथ उसके सम्मान में फेरी देनी होती है।

सौ-दो सौ सालों के गुज़र जाने के बाद भी पूर्वज की मृत्यु- उसके

देवलोक गमन-की स्मृतियाँ आज भी प्रगाढ़ रूप में अपनी उपस्थिति को अंकित करवाती है।

मृत्यु के कारणों में ज़्यादा संभावना तो चेचक की लगती है, पर शायद प्लेग भी हो सकता है। कुछ कम संभावना गायों के लिए डकैतों से संघर्ष में जान गँवाने की भी है। परिवार के लिए कारण की प्रकृति स्मृति को धुँधलाने में बाधा नहीं बनती। यह पूर्वज पौरुष का प्रतीक हो चुका है। उसकी मृत्यु तिथि वार नक्षत्रों की सटीकताओं के साथ रह-रहकर स्मृति में प्रकट होती है। वह कुटुंब की महिलाओं के करुणगान में लौटती है। वह सम्मान में झुके नव दंपती के लिए आशीष बनकर व्यापती है।

बिलकुल ऐसा भी नहीं कि घर का ही एक पुराना सदस्य होने के कारण परिवार की यादों में प्रकट होता पूर्वज सिर्फ़ सम्मान का भाव ही जगाता है। पूजित होने वाला हर पूर्वज परिवार के लिए कड़ा संदेश भी देने का अधिकार रखता है। वह कुल की मर्यादाओं का रक्षक माना जाता है और अपने इस दायित्व के एवज़ में परिवार से कई अपेक्षाएँ भी रख सकता है। अपनी पूजा-अर्चना में कोर-कसर, चढ़ावे में चूक या नियम विधि में शैथिल्य उसके रोष को जगाते हैं।

इस घर में विवाह के बाद पूर्वज-शिला की पहली फेरी देने से पहले उस पूर्वज की स्मृति ग़लती या चूक की स्थिति में अनिष्ट की आशंकाओं के साथ, कुछ-कुछ भय के साथ भी दबे पाँव प्रवेश करती है। पर कुल मिलाकर वह याद परिवार की रोगरहित समृद्धि के आशीर्वाद को साथ लिए ही मन में व्यापती है।

(दो)

इसी आबादी में एक जगह अपने घर में, अधिकांशतः बाहर ही चबूतरे पर बैठे, समय को निरपेक्ष-निरर्थक भाव से गुज़रते देखती है एक वृद्धा। अपने ही घर में निरी अकेली-सी। कभी जिसके सदानीरा वात्सल्य में तीन बेटों की माँ होने का दर्प दौड़ता था, आज उसकी छातियाँ सूखे काष्ठ में बदल चुकी हैं। दो बेटे परदेस में हैं जहाँ उसके लिए जगह नहीं है, और तीसरा नशे और उटपटाँग दवाइयों के बीच अपना अस्तित्व ही खो चुका है। बुढ़िया की

ज़िंदगी की शाम तो कब की ढल चुकी, आज सुबह की शाम अब आई है। उसके लिए वैसे सुबह और शाम का फ़र्क़ नहीं रह गया है। यह बस्ती और उसका यह मोहल्ला ही उसका संसार है। हमेशा से उसके लिए दुनिया का मतलब मंदिर और उसके चारों ओर बसा यह मुहल्ला ही रहा है। वह शायद ही कभी अपनी इस दुनिया से बाहर गई है। मुहल्ले की ही एक और गली में उसका पीहर है। यूँ इस उम्र में तो पीहर लोकगीतों में भी याद नहीं आता पर वृद्धा को सिर्फ़ वही याद आता है जहाँ उसका उससे भी उम्रदराज़ सगा भाई शाम होते-होते एक बार फिर बेचैन है। वह रसोई की टोकरी से कुछ टमाटर अपने क़मीज़ में छुपाता, बहुओं के कोप से बचता, अपने कमज़ोर क़दमों को मज़बूती से बढ़ाता बहन के घर को रवाना होता है। सोचते हुए कि इन टमाटरों से शायद कुछ सब्ज़ी जैसा बना लेगी उसकी लाचार बूढ़ी बहन। उसके क़दमों में कमज़ोरी तो थी, भटकाव कहीं नुमाया नहीं था। बुढ़िया जब अपने भाई को घर की ओर आता देखती तो उसके पूरे शरीर में से सिर्फ़ आँखों में चमक आ जाती। बाक़ी कुछ याद नहीं आता उसे, न बचपन में खेले गए खेल, न मायके का आँगन। न भाई के बेटे और न भाई के पोते। भाई के अलावा कोई उससे मिलने नहीं आता था। हर शाम उसके लिए कुछ ले आता भाई ही उसके लिए पीहर का बड़ा हिस्सा है। अपना पीहर एक ख़याल की तरह याद आता है, याद रहता है। पीहर उसके लिए भाई की शक्ल जितना ही मूर्त है, उसके दिमाग़ में आबाद बाक़ी का पीहर उसके लिए एक अमूर्त विचार की तरह है। गड्ड-मड्ड, गुंफित, उलझा विचार।

आज फिर वह भाई उस वृद्धा के घर की ओर उन्मुख है। उसने अपने कुर्ते का एक भाग झोली बनाकर पकड़ रखा है। उसमें कुछ टमाटर हैं।

मृत्यु की प्रगाढ़ उपस्थिति में भी यह जीवन का चरम उत्सव था।

लॉन्ग शॉट में एक आदमी को देखते हुए

डिस्क्लेमर :- मैं यह स्वीकार करता हूँ कि इस आदमी को मैं नज़दीक से नहीं जानता। हाय-हैलो के अलावा शायद ही कभी मैंने उससे बात की है और मुझसे उम्र में बड़ा होने के कारण मैंने अपनी समझ आने पर उसे हमेशा बड़ा ही देखा है। फिर भी, कई सालों से उसे अलग-अलग भूमिकाओं में देखने और उसके बारे में जानने वालों के क़िस्सों से मैं उसके बारे में लिखने, उसका शब्दचित्र बनाने का जोखिम उठा रहा हूँ। मेरी तमाम ईमानदारी के बावजूद इसमें सूक्ष्म डिटेल्स का अभाव रहेगा और अपने सर्वोत्तम रूप में भी, ज़्यादा-से-ज़्यादा यह उसके दूर से खींचे गए फ़ोटो से अधिक कुछ नहीं होगा। कहीं अगर मेरा प्रयास उसे और स्पष्ट करता लगता है तो कृपया इसे मेरा लेखकीय काँइयापन माना जाए।

वह :-

उसका जो भी नाम था वह कुछ-कुछ पुराना-सा था। आज की फ़ैशन का नहीं था।

क़स्बे के क्रिकेट क्लब में वह ओपनिंग बैट्समैन था। उसका काम नई गेंद की शाइन को ख़त्म करना था और तीसरे नंबर के बल्लेबाज़ के लिए कुशन प्रदान करना था। कई मैच खेलने के बाद भी उसने गिनती के ही चौके लगाए थे। उसे टुकटुकिया मास्टर कहा जाता था। अपने दम पर सिर्फ़ एक बार उसने मैच बचाया था जब वह अंत तक आउट नहीं हुआ और दूसरे एंड पर बल्लेबाज़ रन बनाते रहे, आउट होते रहे। और जब दसवें नंबर पर बैटिंग करने आए फ़ास्ट बॉलर ने सिक्सर लगाकर मैच टीम के क़ब्ज़े में कर लिया उस वक़्त भी शीट एंकर बने होने के बावजूद उसके खाते में कम ही तालियाँ

आईं। वह फ़ास्ट बॉलर ही सारी तारीफ़ बटोर ले गया। उस बॉलर को लोगों ने गुटखे के पाउचों से लाद दिया, जबकि उसे गुटखा भी जेब से ख़र्च कर खाना पड़ा। वह इस शानदार प्रयास के बावजूद अनसंग हीरो ही बना रहा।

एक क्रिकेटर के तौर पर लड़कियों की पसंद वह कभी नहीं रहा क्योंकि लड़कियों के बीच पॉपुलैरिटी एंज्वॉय करने वाले भारतीय टीम के तमाम बल्लेबाज़ विस्फोटक बल्लेबाज़ हुआ करते थे और वे आमतौर पर छह नंबर पर बैटिंग करने आते थे। उस तरह की लोकप्रियता किसी सलामी बल्लेबाज़ को कम ही हासिल थी ख़ासकर अगर वह उसकी तरह साधारण चेहरे-मोहरे का आदमी हो। कहने का मतलब कि जिस तरह की फ़ैन फ़ॉलोइंग नंबर छह के साथ जुड़ी थी, जो ग्लैमर छह नंबर के साथ जुड़ा था वह ओपनिंग स्लॉट के साथ हरगिज़ नहीं हो सकता था।

वहीं क्रिकेट के खेल में आरंभिक बल्लेबाज़ खेल का बेहद ज़हीन स्टूडेंट हुआ करता है जो पूरी तरह खेल को ही समर्पित माना जाता है। उसके साथ कुछ और जोड़ना कुफ़्र जैसा है। लिहाज़ा उसे भी हमेशा बल्लेबाज़ से इतर कुछ नहीं समझ गया। और फिर था तो वह आख़िर गलियों में खेलने वाला, जो थोड़ी मेहनत से क़स्बे के किसी क्लब में पहुँचने लायक़ हो गया था। हालाँकि, वहाँ भी उसकी जगह अस्थायी ही बनी रही। उसका स्थायी स्थान अपने मोहल्ले की क्रिकेट में ही था जो ईस (चारपाई के फ्रेम की लकड़ी) के बल्ले से खेली जाती थी।

आख़िर एक क्रिकेटर के तौर पर बेहद संक्षिप्त और नाकामयाब कैरियर के समाप्त हो जाने के बाद उसका एक बेरोज़गार के रूप में अंतराल लंबा चला। इस दौर में उसके बारे में जो क़िस्सा चल पड़ा था वह यह था कि वह सामूहिक भोज में बढ़िया बैटिंग करता था, बिल्कुल जडेजा की तरह। जीमने का कपिल देव! कहते हैं कि वह जीम चुकने के बाद पाँच लड्डू खा सकता था।

हर साल आस-पास उड़ती बाल-विवाह की ख़बरों के बीच वह ज़िंदगी के पैंतीस साल पार कर चुका था। एक क्रिकेटर के तौर पर तो वह संन्यास ले ही चुका था, एलिजिबल बैचलर के लिहाज़ से भी उम्र पार कर चुका था।

अपने दोस्तों में अक्सर वह 'जीएस' का ज़िक्र करता था। 'जीएस' यानी

गीता शर्मा। गीता शर्मा से रिश्ते को लेकर उसमें हमेशा उम्मीद धड़कती रहती थी। वह कहता कि जीएस से उसकी शादी का रिसेप्शन ज़बरदस्त और भव्य होगा। क़स्बे के सबसे बड़े टेंट वाले को कह रखा है कि कभी भी काम पड़ सकता है, तैयार रहना!

एक दिन 'जीएस' की शादी किसी और के साथ हो गई।

उसने उस रात कफ़ सीरप की पूरी बोतल पी ली। सुबह उसकी आँखों में कफ़ सीरप से बलात् लाई गई ख़ुमारी में उस एकतरफ़ा रिश्ते का अंत भी नुमाया था।

यूँ ज़िंदगी के मामूलीपन और उसमें भी उसके साथ घटे हादसों ने उसे घर में भी बाँझ गाय की तरह अवांछित बना दिया। "स्साले ज़िंदगी के बहीखाते में उसके हिस्से 'बरकत' लिखा कभी आया क्यों नहीं?" यह सवाल उसे परेशान करता रहता। इसी वाहियात समय में उसके दोस्त पहले शादीशुदा फिर बाल-बच्चेदार होते रहे और वह ऐसा किरदार बना रहा जिसका भगवान की बनाई कहानी में कोई रोल ही नहीं था।

उसे लगता उसमें छटाँक भर भी क़ाबिलियत नहीं है जिसके ज़रिये वह कुछ भी साबित कर सके।

मैं :-

सड़क पर पड़े हज़ारों लावारिस फ़ोटो वक़्त के जूतों तले दबते रहे। मेरी नज़र में वह भी समय के भारी बूटों तले पददलित हो चुका था। मैं उसके बारे में इतना कुछ लिखने वाला भी नहीं था, पर एक दिन...

एक दिन जैसे सड़क पर बरसों से फड़फड़ाते, महत्त्वहीन फ़ोटोग्राफ़्स में से एक उसका फ़ोटो उड़कर मेरे चेहरे से चिपक गया। मुझे किसी ने बड़े लापरवाह अंदाज़ में बताया कि उस 'वह' की आजकल बड़ी पूछ है। वह हाइली सॉट आफ़्टर हो गया है। लोग दूर-दराज़ के गाँवों तक से उसे वाहन भेजकर बुलाते हैं और बासम्मान वापस घर छोड़ते हैं।

"क्यों, ऐसा क्या कर दिया उसने?" मैंने पूछा।

"अरे वह बिच्छू उतारने का मंत्र सीख गया है।"

अब बारी मुझे बिच्छू काटने की थी। मैंने चिहुँकते हुए पूछा- "बिच्छू

उतारने का मंत्र?"

"हाँ, प्राथमिक योग्यता तो उसकी बिच्छू उतारने में है। लोग मानते हैं कि कैसा भी ज़हरीला क्यों न हो, 'महाराज' मिनटों में उतार देते हैं। और द्वितीयक योग्यता यह कि वह छोटे-मोटे कर्मकांड भी करवा लेता है।"

मैं चकरी की तरह घूमने लग गया। मैं उसके 'सेटल' होने का जश्न तो तब मनाता जब मेरा घूमता दिमाग़ ख़ुद सेटल होने की स्थिति में आता। और जब मेरा दिमाग़ कुछ स्थिर हुआ तो यही सोचने में व्यस्त रहा कि यह जर्नी तीन सौ पैंसठ डिग्री की हुई या नहीं!

अभिशप्त क़स्बा

क़स्बे की जन्मपत्री में कोई भयानक गड़बड़ी थी। आजकल इसकी पुष्टि कंप्यूटरीकृत कुंडली से सूक्ष्म विवेचन करने वाले एक प्रख्यात ज्योतिषी भी कर रहे थे। यह वह ज्योतिषी थे जिन्होंने राजीव गाँधी की हत्या की भविष्यवाणी पहले ही कर दी थी यद्यपि इसका दावा उन्होंने उनकी मृत्यु के बाद स्थानीय 'टाइम्स हिंदी' की एक पुरानी प्रति उद्धृत कर किया था। इस क़स्बे के संदर्भ में उनका कहना था कि ज्योतिष के अनुसार यह क़स्बा बसना ही नहीं चाहिए था। और बसने के क़रीब दो-ढाई सौ बरस तक बना हुआ है तो इसका कारण तत्कालीन ज्योतिषियों का कोई-न-कोई किया हुआ उपचार होना चाहिए। उन प्रख्यात ज्योतिषी ने बातचीत में यह स्वीकार किया कि पूर्ववर्तियों का यह उपचार काफ़ी कुशल था क्योंकि यह क़स्बा तयशुदा तौर पर गंभीर 'कांजिनाइटल डिज़ीज़' के साथ पैदा हुआ था। पैदा होते ही इसके नष्ट होने के योग थे।

इन दिनों ख्याति अर्जित कर रहे क़स्बे के ही एक वास्तुशास्त्री के अनुसार क़स्बे के नक़्शे में बहुत भारी त्रुटि थी, सबसे बड़ी तो यह कि इसमें प्रवेश का द्वार हीन दिशा की ओर खुलता था। इसमें स्थित कूप की स्थिति भी बड़ी गड़बड़ थी इसलिए इसमें कई लोग बेवजह कूदकर मर चुके थे। वास्तु दोषों के कारण सारे देवता यहाँ से भाग छूटे थे और पितर अत्यधिक बेचैनी का अनुभव कर रहे थे। अब उनका आशीर्वाद यहाँ के बाशिंदे ले नहीं पा रहे थे। हर मंदिर के विग्रह उल्टी दिशाओं में घूम गए थे और अधिकांश पंडित वैदिक कर्म भूलकर ग़ैर सनातनी परंपराओं में रत हो गए थे। क़स्बावासियों ने कुछ समय पूर्व 'बाहर गाम' के एक बड़े याज्ञिक को उसकी पूरी टीम सहित

बुलाकर यज्ञ करवाने की सोची थी। यज्ञ की तैयारियाँ बड़े ज़ोर-शोर से हुई थीं। प्रसाद के लिए एक बड़े बरगद के पेड़ तले दाल का हलवा तैयार किया जा रहा था। कंदोई एक बड़े कड़ाह में खुरपा हिला रहा था। अचानक पेड़ पर पहले से ही मौजूद वानर टोली ने कड़ाह में मल त्याग कर दिया। यज्ञ विधान में भी कई तरह की अड़चने आने लग गईं। यज्ञ पूरा नहीं हो सका। और क़स्बा अभिशप्त बना रहा।

ऐसे ही विचित्र माहौल में क़स्बे की उस लड़की का विवाह-संबंध कहीं निश्चित नहीं हो पा रहा था। सनातनी परंपराओं की क्षीण स्मृति से युक्त एक रिश्तेदार पंडित ने सुझाया कि विवाह अगर मंडूक गोत्र के लड़के से हो तभी कुल-कुटुंब के लिए शुभ होगा और पितर किंचित शांति का अनुभव कर सकेंगे।

यह एक बड़ी समस्या थी। आस-पास के सभी गाँवों में भी यह गोत्र ख़त्म हो चुका था। पड़ोसी गाँव में इस गोत्र से पितृ-पक्ष की ओर से संबंध रखने वाली एकमात्र वृद्धा भी हरि-शरण हो चुकी थी। अब इस गोत्र का कोई भी, वहाँ या आस-पास, नहीं था।

जाति-प्रजाति के मसलों को भी ध्यान में रखते हुए गूगल सर्च की गई तो पता चला कि कच्छ के रन में बसे एक गाँव में वांछित गोत्र का एक परिवार रहता है। परिवार के लोग अपने को चतुर्वेदज्ञाता कहते हैं, पर उनसे चारों वेदों के नाम पूछे जाएँ तो वे एक दो के ही बता पाएँगे। मज़ाक़ में एक जनश्रुति उनके बारे में यह प्रचलित थी कि वे जनेऊ उल्टा पहनते थे। हालाँकि इसकी किसी ने कभी पुष्टि नहीं की और सुरक्षित रूप से यह बात ग़लत मानी जा सकती थी। एक अड़चन उनके साथ वैवाहिक संबंध करने में और थी, वे बकरी पालते थे जो इधर के लोगों के लिए अस्वीकार्य था, भले ही स्वयं इनकी स्मृति में वेद और पुराण की जगह नरेंद्र चंचल के जगराते गूँजते रहते थे।

पर उपचार तो यही था, अतः ऐसे विकट योग के निराकरण के लिए लड़की का भाई संबंध निश्चित करने के उद्देश्य से मंडूक गोत्रधारी परिवार के गाँव रवाना हुआ। उसने अपने साथ किसी भी अनिष्ट का सामना करने लिए भूतोपचार पुस्तिकाएँ भी ले लीं। एक बड़ी समस्या उस गंतव्य तक जाने के लिए उपलब्ध संसाधनों की भी थी। इक्का-दुक्का बस वहाँ जाती थी

जिसकी जानकारी उसको जुटानी थी। और 'लास्ट बट नॉट द लीस्ट' समस्या के रूप में था 'देवशोक' गाँव जो उसके गंतव्य से पाँच किलोमीटर पहले पड़ता था। खटारा बस इस गाँव से होकर ही जाती थी, इसका भी लड़की के भाई को पता था। उसने सुन रखा था कि यह गाँव कुछ 'ठीक' नहीं था। यही वह जगह थी जहाँ देवासुर संग्राम में देवता असुरों से हार गए थे। उनके भाग छूटने के निशान आज भी उस गाँव में मौजूद बताए जाते थे। एक लंबे कालखंड तक वहाँ असुरों ने राज किया। रुंड वंश के संस्थापक देवजित रुंड से प्रारंभ इस वंश का अंतिम प्रतापी राजा सुरजित रुंड था। उसके बाद पिशाचों ने लंबा राज किया। कहते हैं वे रोमानिया देश के ड्राकुला से रक्त संबंध से जुड़े थे। यह पिशाच असुरों से कई गुना क्रूर थे। वे माँस के बजाय केवल रक्त पर जीवित रहते थे। उस काल में दिन सन्नाटों से भरे, पर रातें गुलज़ार हुआ करती थीं। अँग्रेज़ लोग उन्हें वैम्पायर कहते थे। अंतिम पिशाच राजा 'रक्तवर्णम ताम्रयुक्तम' को परवर्ती असुर वंश के संस्थापक इंद्र मर्दन ने आग में जलाकर मार डाला था। देवशोक में पूर्ववर्ती और परवर्ती असुरों ने लंबा राज सुख भोगा। उनकी विरासत पुरावशेषों में यहाँ बिखरी पड़ी थी। ऐसा नहीं था कि असुर अपने को कुछ पुराने ईंट पत्थरों में ही सीमित कर समाप्त हो गए थे, बल्कि वे तो इस गाँव की हवाओं में आज भी घुले-मिले थे। वे मरकर भी यहाँ की घटनाओं को नियंत्रित करते थे। वे पारलौकिक घटनाओं को अंजाम देते थे। गाँव वालों का मानना था कि असुर पृथ्वी से समाप्त हो सकते हैं, अपनी राजधानी से नहीं। गाँव वालों के अनुसार देवशोक असुर राज की राजधानी था। देवशोक में असुरों को आज भी महसूस किया जा सकता था। कहते हैं गाँव के ज़्यादातर लोग आसुरी कोप से ख़ुद को बचाने के लिए 'शैतान आत्माओं' की चापलूसी करते थे। देवता यहाँ क्षीण और दुर्बल माने जाते थे। एक प्रभावी असुर 'देवजयी' की प्रशस्ति में छह सौ साल पहले वहीं के कवि 'असुरदास' ने देवजयी को देवताओं के पाचन की सबसे बड़ी बाधा 'काचर का बीज' बता डाला था। इकसठ पंक्तियों की इस प्रशस्ति में देवजयी के बारे में कहा गया कि एक प्रेमासक्त देव के मस्तक पर उसने ऐसा प्रहार किया कि वह देव आजीवन अपनी प्रेमिका का नाम भूल बैठा।

देवशोक गाँव में चापलूसी की इस परंपरा का निर्वाह आज तक हो रहा

था। शैतान की चापलूसी में कई चालीसाएँ लिखी गई थीं।

विवाह योग्य बहन के उस भाई ने अंततः उचित बस को खोज लिया जो उसे गंतव्य तक ले जाने वाली थी। सब कुछ समयानुसार होने पर शाम को चली वह बस रात के पौने बारह बजे भावी समधियों के गाँव पहुँचती जहाँ वे लोग सामने उसके इंतज़ार में खड़े मिलते।

कई जगह बस रुकती रही और यात्री उतारते रहे। चढ़ने वाला कोई नहीं था। फिर एक स्थिति ऐसी आई, जब वह उस बस में ड्राइवर और परिचालक के अलावा अकेला रह गया था। देवशोक अभी आया नहीं था पर उसकी बढ़ती समीपता से उसके सीने में बाईं ओर कुछ बेहद तेज़ गति से धड़कने लगा था। उसकी इच्छा हो रही थी कि बस यू-टर्न ले ले, वापस चली जाए, रास्ता भटक जाए पर यूँ सामान्य रूप से न चलती रहे।

और ऐसा ही हुआ। उसकी इच्छा का तो नहीं पर हाँ बस एक जगह रुक गई।

"कहाँ रुक गई भाई साब?"

उसने परिचालक से इतना पूछने के लिए हलक़ से कुछ शब्द मुश्किल से बाहर फेंके।

"देवशोक! ख़राबी आ गई है बस में, इसलिए यहीं से बस वापस रवाना हो रही है, आगे नहीं जाएगी, आप यहीं उतरिए।"

परिचालक ने इतना सब बड़ी आसानी से बोल दिया।

रात के साढ़े ग्यारह बजे देवशोक में उतरना पड़ेगा! जिस जगह से होकर गुज़रने मात्र से उसका रक्त द्रव नाइट्रोजन में रखे ख़ून की तरह जम रहा था उसे वहाँ उतरना होगा!

"हे भगवान्! यह कौन से पाप का प्रतिफल मिल रहा है मुझे?" उसने ज़ोर-ज़ोर से सोचा।

और उसे अनमना पाकर परिचालक ने उसे ज़बरदस्ती बस से बाहर धकेल दिया।

नीचे उतरने पर उसे यह भूमि साक्षात असुरों की राजधानी लग रही थी। उसने उल्लू की भाँति गर्दन घुमाई तो एक उम्मीद की लालटेन कहीं जलती नज़र आई। जी हाँ, एक चाय की दुकान पर टँगी लालटेन उस समय भी दुकान

के आबाद होने की घोषणा कर रही थी। उसके क़दम वहीं खिंच गए।

"एक चाय देना!" उसने चाय वाले को आदेश दिया। उसे इस समय यह पेय डेरे में सबसे सात्विक लग रहा था।

दुकानदार चुपचाप चाय बनाने में व्यस्त हो गया। उसे लगा चाय वाला उससे बात नहीं करना चाहता। उसने ऊपर देखा, काले आसमान में चाँद बड़ा मलिन नज़र आ रहा था। हज़ारों अपराध होते देख चुका चाँद हर अपराध में मूक समर्थक की भूमिका में था।

उसने चाय का घूँट भरा। चाय बड़ी खट्टी स्वाद दे रही थी।

"क्या दूध ख़राब हो गया है?"

"यहाँ गाय का दूध काम नहीं आता, जरख के दूध से चाय बनती है। इससे काटने के दाँत मज़बूत होते हैं।"

उसने बिना चाय पिए पैसे देना बेहतर समझा। उसके क़दम जड़ हो रहे थे जैसे शरीर धीरे-धीर लोहे में बदल रहा हो।

तभी दूर से दो हेड लाइट्स से रोशनी फेंकती एक जीप पास आकर रुकी। उसके आश्चर्य का पारावार न रहा, होने वाले समधी उसे लेने आए थे।

"आपको परेशानी हुई इसका खेद है... चलिए हमारे साथ। बस अड्डे पर ख़ूब इंतज़ार किया, बाद में पता चला बस यहीं से वापस लौट गई।"

"पंडित जी पाय लागूँ।" चाय वाले ने भी अपनी जान-पहचान को दोहराया।

"क्यों भाई, फटे दूध की चाय तो नहीं पिलाई मेहमान को? और बाद में हमेशा वाला बहाना बना दिया... हें? हा हा हा!"

इस हृष्ट-पुष्ट हँसी में लड़की के भाई ने भी अपनी फ़ीकी हँसी मिला ली।

भग्न स्तूप

यह सिल्क रूट पर आया कोई बौद्ध स्तूप था। सिल्क रूट अगर कोई सड़क थी तो वह इतिहास में चलती थी। यह बौद्ध स्तूप भी तारीख़ में ज़रूर तनकर, सीधा खड़ा रहा था। आज लेकिन ध्वस्त, भग्न और बिखरा था। आस-पास की ज़मीन से ऊपर उठा पत्थरों का ढेर। ढूह जैसा। इससे कुछ दूरी पर मठ हुआ करता था जिसमें भिक्षु रहते थे। कभी। आज यहाँ तीन-चार फ़ीट की चौकोर दीवारें गिरती-पड़ती दिखाई दे रही थीं।

आस-पास एक सुनसान था। ज़मीन पथरीली और खुली थी। तिनका मात्र भी दिखाई देना मुश्किल था। पत्थर के टुकड़े, असंख्य आकारों में। और धूल पसरी थी। धूल महीन थी। उसके कण इतने बारीक थे कि हल्के थे। किसी हवा में इस धूल के कण उड़ते तो उड़ते रहते। हवा के रुकने पर भी वे काफ़ी देर मँडराते रहते।

पत्थर भी बड़े कच्चे थे। उन पर पाँव रखते ही वे धूल में बदल जाते और फिर किसी हवा में अपने बारीक कणों के साथ चक्कर खाते रहते। लगता था पत्थरों के भीतर कण और अणु आपस में किसी दूर की रिश्तेदारी से ही बँधे थे। और उनमें बिखरने की प्रतीक्षा भरी थी।

भूदृश्य का रंग मटमैला था। दृष्टि की आख़िरी हद तक सिर्फ़ धूसर रंग ही दिखाई पड़ता था। कोई आवाज़ नहीं। बस सुनसान। धूसर सुनसान।

सुनसान का रंग जैसे धूसर ही होता है।

कोई पानी नहीं, कोई घास नहीं। अगर यहाँ कोई ज़िंदा इंसान आया हुआ हो तो उसकी स्पंदित होती शिराओं में ही हरा रंग ढूँढ़ा जा सकता था। ढूँढ़ने पर एक और जगह हरा रंग दिखाई देता था। इन्हीं पत्थरों के बीच कहीं-कहीं

खनिज-शिराओं में। हरे रंग की शिराएँ थीं इन पत्थरों में। लगता था कोई महँगा खनिज था यहाँ। और कहीं होता तो कई चरणों से होकर, लदान और ढुलाई के चक्रों से निकलकर किसी की उँगली में पहनी जाने वाली मुद्रिका में धँस चुका होता अब तक। पर यहाँ वह इन पत्थरों जितना ही मृत था। गर्वहीन।

बौद्ध स्तूप और मठ के यह अवशेष इस उबड़-खाबड़ में मिश्रित भाव जगा रहे थे।

अट्ठारह सौ बरस पहले यहाँ की तेज़ हवा में अपना उत्तरीय सँभाले भिक्षुओं का चित्र कल्पना में टिमटिमाता है। वे कुछ नहीं बोलते। चुपचाप रहते हैं। यह चीनांशुक मार्ग कारवाओं से लदा रहता है। खुरों से यहाँ की पथरीली ज़मीन में खरोंचे डालते ठिगने घोड़े और पैदल चलते यात्रियों में द्रुत और विलंबित की विचित्र संगति है।

स्तूप में बुद्ध के किसी शिष्य के अवशेष हैं। या फिर शिष्य के शिष्य के। बहुत संभव है यह महानुभाव बुद्ध के काल के कोई सात सौ साल बाद के हों। मठ में कुछ दर्जन भिक्षु हर वक़्त रहते हैं। सिल्क रूट यहाँ से कुछ ही दूर चलता है। उस महान व्यापारिक मार्ग की अपेक्षाकृत चहल-पहल से यहाँ इस मठ का जीवन अछूता ही है। जैसे कि पास से गुज़रती व्यापारियों की इस प्रसिद्ध सड़क से इसका कोई लेना-देना ही नहीं हो। भिक्षु भी उसी रास्ते चलकर आए हैं, पर सड़क छोड़कर यहाँ आने के बाद सड़क उनके मार्ग की बात नहीं रही।

आज यह जगह सुनसान थी। पर कभी यहाँ रह रहे भिक्षुओं के प्राचीन रक्त का ताप अभी भी महसूस हो रहा था। उनकी धमनियों में बहता रुधिर अपने दाब का एहसास अभी भी करा रहा था। जिस महान बौद्ध दार्शनिक के अस्थि-पुष्प यहाँ रखे थे वह अभी भी जीवित था यहाँ जैसे।

दोस्ती

उसके दोस्त के पास एक डायरी थी। दोस्ती की डायरी। उस दोस्त के जितने भी दोस्त थे उनका नाम उस डायरी में लिखा रहता था। अगर उस दोस्त की किसी से अनबन हो जाती तो वह उस आदमी का नाम अपनी डायरी से काट देता। जब तक नाम कटा है तब तक वह दोस्त भी नहीं है। नाम कटना आसान था, वापस जुड़ना मुश्किल। इस तरह से सभी दोस्त उस डायरी में रहा करते थे।

डायरी की जिस फ़ीकी लकीर पर नाम लिखा होता वह एक तरह से वह टहनी थी जिस पर दोस्ती का पंछी 'पर्च' किए रहता। उस टहनी पर बसे रहना, बने रहना आसान नहीं था। डाल पर पंजे टिकाए रखना एक बारीक संतुलन को साधने जैसा था।

वह एक मुड़ी-तुड़ी-सी फटी पुरानी डायरी थी। उस पर बरस को अंकित करती सुनहरी स्याही और अंदर के पन्नों की तारीख़ें अब तारीख़ हो चुकी थीं। उसकी जिल्द पस्त हो चुकी थी, पन्नों को बाँधने में उसका दम फूल चुका था। कुछेक बरसातों में वह डायरी भीगकर ख़ुद भी फूल चुकी थी। कई पन्ने डायरी से बाहर झाँक रहे थे। वह डायरी अब सिर्फ़ उदारतम परिभाषा में ही थी, असल में काग़ज़ का एक दयनीय पुलिंदा भर थी।

फिर भी वह एक पवित्र दस्तावेज़ की तरह थी। उसका दोस्त जो हर वक़्त डायरी अपने पास रखता था, नियमित अंतराल से एक ब्लू बॉलपेन से उसमें एंट्रीज़ करता था। और कभी-कभार की हुई प्रविष्टियों को लाल पेन से काट देता था। बेशक इसके पीछे उसका अपना तर्क होता था जो अक्सर सनक से भरा होता था पर डिलीट करने का काम, ऐसा लगता था, उसके लिए खेल

जैसा, बोरियत मिटाने का और सुख देने वाला काम था। कोई नया दोस्त बनने पर तो ज़ाहिर है नाम लिखा ही जाता, पुराने दोस्तों का नाम भी फिर-फिर नियमित अंतराल से लिखा जाता था। इसलिए उस डायरी में नाम का पुनः लिखा जाना भी उतना ही महत्त्वपूर्ण था।

वह सातवीं कक्षा से उस डायरी वाले आदमी को जानता था। अरसे से वे एक ही स्कूल में पढ़ रहे थे, पर सातवीं में उनकी कक्षा और सेक्शन भी एक हो गया था। वह यानी डायरी वाला तब चार रंग की रिफ़िल वाले बॉलपेन को जेब में रखा करता था। नीली के अलावा लाल, हरी और काली स्याही की रिफ़िल भी उस एक पेन में थी। चलती क्लास में वह अपनी नोटबुक में कुछ-न-कुछ लिखता रहता था। वह आमतौर पर जल्दी दोस्त बनाने वाली फ़ितरत का नहीं था, पर उसमें कुछ ऐसा था कि हर तरह के मिज़ाज का आदमी भी उसका दोस्त बनना चाहता था। उसमें एक अजीब आकर्षण था जो समझ से परे था। वह नहीं जानता था कि यह खिंचाव सिर्फ़ वह अकेला ही महसूस करता था या डायरी में बैठे उसके बाक़ी दोस्त भी। डायरी का मालिक किशोर कुमार के गाने गुनगुनाता था और कविताओं की बातें करता था। उसके तिकोने चेहरे में आँखें हमेशा कहीं और देखती थीं। प्रत्यक्षतः वह बेपरवाह लगता था।

उसका दोस्त बनने पर पहली-पहली बार उसे पता चला कि वह एक डायरी रखता था या रखने लगा था। अच्छी गाढ़ी दोस्ती होने के बाद उसे इस बात की जानकारी हुई जब उसका नाम वह नीली स्याही से अपनी डायरी में लिखने लगा था। उसे अच्छा लगा जब उसने अपना नाम उसकी डायरी में लिखा देखा। हालाँकि साथ-ही-साथ उसने कुछ नाम लाल स्याही से काट भी दिए। वह तब से आशंकित रहने लगा कि कहीं उसका नाम कटने की सूरत न बन जाए। ख़ैर वह दोस्त बना रहा, बल्कि सालों तक वह उसका दोस्त बना रहा। कई बार वह उसके घर भी गया जहाँ उसने अपने लिए एक अलग खाँचा बना रखा था। अपने भाइयों से वह कम ही बात करता था। जब वह एक बार अपने छोटे भाई पर किसी बात को लेकर बुरी तरह चिल्लाने लगा तो उसे डर लगा कहीं वह अपने भाई का नाम भी लाल स्याही से काट न दे।

कुछ महीने पहले उसने किसी के मुँह से सुना था कि उसके डायरी वाले दोस्त ने उसका नाम अपनी डायरी से काट दिया है। और उसने नाम काटने के

बाद यह भी कहा था कि अब मैंने अपनी ज़िंदगी की डायरी से वह पन्ना ही फाड़ दिया है जिस पर उसका नाम मैंने लिखा था। आह! यह कितनी तबाह कर देने वाली ख़बर थी। उसे डर था कि वह तिकोने चेहरे वाला सच में उसे अपनी ज़िंदगी से निकाल फेंक चुका होगा। कितना बेपरवाह रहता था हर वक़्त वह! अब तक उसे अपनी दोस्ती पर भरोसा रहा था। अपना नाम उसकी डायरी में हमेशा बने रहने की आश्वस्ति-सी रहती थी उसे। उसकी अपने में सिमटे रहने की आदत, दुनिया के प्रति वैराग्य की हद तक उदासीनता और जबड़े की हड्डियों के पीछे घात की मुद्रा में छुपी क्रूरता, इन सबके बावजूद वे दोनों एक अरसे से दोस्त थे। कमज़ोर पलों को एक-दूसरे से बाँटा करते थे। कुल मिलाकर उस तिकोने चेहरे वाले का कमज़ोरियों से भरा 'असल' आदमी कई बार अकेले में उसके पास बैठ चुका था इस नाते उसे अपनी दोस्ती पर भरोसा था, इसलिए यह ख़बर एक बार उसे चौंका गई थी। काफ़ी परेशान होने के बाद उसने उसे एक चिट्ठी लिखी। दोस्ती के नाम चिट्ठी। इस चिट्ठी को उसने उस तक पहुँचाया और अगले दिन उसके घर के बाहर उसका इंतज़ार करने लगा। वे फिर से दोस्त हो गए। वह नहीं जानता कि उसका नाम उसने फिर से अपनी डायरी में लिखा या नहीं।

इन तमाम बरसों बाद अब लगता था वह डायरी हमेशा रखेगा और उसमें कुछ-न-कुछ इंदिराज करता रहेगा या लाल स्याही फेरता रहेगा। उसकी पैंट के दाएँ क्रॉस पॉकेट को देखकर पता चल जाता था की डायरी इसी में है। अक्सर उस जेब से मुड़ी-तुड़ी डायरी का एक कोना झाँकता रहता। उसकी क़मीज़ के जेब भी नामालूम क़ाग़ज़ पन्नों से ठुँसे फूले रहते। इन दिनों नीले बॉलपेन से नए दोस्त कम ही जुड़ते थे। पर लाल पेन फेरने का सिलसिला बदस्तूर जारी था। कई दोस्त उसकी इस सनक से ख़ुद ही उससे अलग होने लगे। उन्हें तब इस बात की परवाह नहीं थी कि वह अब उनका नाम भी किसी ज़र्द पन्ने से काट देगा। पर ऐसे लोगों के लिए वह ख़ुद भी कौन-सा उपलब्ध और प्रस्तुत था! उसकी दोस्ती की शर्त यही थी कि जिसे उसकी डायरी में होने की ग़रज़ है वही दोस्त बनने के क़ाबिल है।

बरस जब उसके बालों में सफ़ेद लटों के रूप में बैठने लगे तब तक तमाम दोस्तों को वह अपनी ज़िंदगी से बेदख़ल कर चुका था। डायरी पूरी

ख़ूँरेज़ हो चुकी थी। और जब उसके भाइयों से भी उसकी बोलचाल बंद हो गई तो साफ़ हो गया कि वह डायरी में सिर्फ़ दोस्तों को ही अमित्र नहीं करता था, बल्कि भाई को भी अभाई, पिता को भी अपिता और संभवतः माता को भी अमाता किया करता था। यह त्रासद था। उसने स्वयं अपना नाम भी डायरी से काट दिया होगा। वह चलता-फिरता एकांत था। बीहड़ एकांत। पथरीले रेगिस्तान में किसी भग्न स्तूप की तरह अकेला और बरबाद था। वह किसी 'रेलिक' में तब्दील हो चुका था।

मुलाक़ात

उन दोनों के बीच शब्दों का ढेर था। दोनों के मुँह से कुछ देर पहले तक शब्द गिर रहे थे। कुछ थोड़े से जिनमें अपने गंतव्य तक पहुँच रहे थे, बाक़ी सब बीच में ढेर हो रहे थे। ढेर अब काफ़ी बड़ा हो गया था। ढेर लगातार बड़ा होता गया था। पर कुछ देर से वह ढेर ज्यों-का-त्यों पड़ा था। कोई नया इक्का-दुक्का शब्द ही इस ढेर पर जब-तब गिर रहा था। और ऐसा भी नहीं था कि इस 'कुछ देर' से सारे शब्द अपने गंतव्य तक ही पहुँच रहे थे। शब्दों का आवागमन ही बंद हो गया था।

यह सब इन दो लोगों के बीच का मामला था। और इस वक़्त, जब उनके बीच का ढेर जस-का-तस पड़ा था, उन दोनों के बीच कोई बात नहीं हो रही थी, कह सकते हैं कि लगभग सन्नाटे जैसा ही उन दोनों के बीच इस वक़्त पसरा था।

वे दोनों दोस्त थे या नहीं, कह पाना मुश्किल था। क्योंकि उनकी मुलाक़ातें अक्सर होतीं तो थीं पर वे तुरत-फुरत में ख़त्म हो जाती थीं। वे मिलते और कुछ ही देर में विदा हो लेते। वे जब भी मिलते, एक और मुलाक़ात अपने रिश्ते के साथ जोड़ देते। अब इस रिश्ते के साथ ढेरों छोटी-छोटी मुलाक़ातें थीं। यह मुलाक़ातें भले ही छोटी होती थीं, पर बड़ी अच्छी होती थीं। इनसे वे दोनों आपस में मिलने को उत्सुक बने रहते थे। वे जब भी मिलते, एक सिगरेट भर देर में विदा हो जाते। उनकी इन चुस्त और संक्षिप्त मुलाक़ातों में उनके बीच सब कुछ स्फूर्त बना रहता। वे एक-दूसरे को अधिकारपूर्वक कोई भी काम कह देते थे। दोनों एक-दूसरे के काम को पूरी गंभीरता से पूरा करते थे, या करने की कोशिश करते थे। वे एक-दूसरे से मिलने के बहाने नहीं ढूँढ़ते थे

पर हर दूसरे दिन एक-दूसरे से मिल ही जाते थे। शायद इसीलिए उन्हें मिलने के लिए बहाने ढूँढ़ने की ज़रूरत ही नहीं थी। क्या दोस्ती में ऐसा ही होता है? अगर हाँ तो फिर दोनों दोस्त थे।

उन्होंने कभी एक-दूसरे के बारे में किसी तीसरे से किसी तरह की कोई नकारात्मक बात नहीं कही थी। असल में उन दोनों का कोई साझा मित्र था ही नहीं। उनके बीच का जितना साझा सरमाया था, उनकी बीवियाँ भी उसके बहुत थोड़े की ही साझेदार होती थीं। पर हाँ, उन दोनों की मुलाक़ातों में अक्सर या कभी-कभार उनके घर-परिवार का ज़िक्र भी आ ही जाता था। और उनकी बातें भी क्या थीं! वे किसी तरह के सिनेमा के शौक़ीन नहीं थे। किताबों से उनका रिश्ता इतना भर था कि वे दिन में एक बार सर्वोदय बुक स्टाल के आगे से निकल जाते थे। जिसका पता न तो सर्वोदय के मालिक को चलता था न ही ख़ुद उन्हें। दोनों में से सिर्फ़ एक खाने का शौक़ीन था। दूसरे को तो लौकी और कद्दू की सब्ज़ी का अंतर भी न पता था। एक अख़बार का तीसरा पन्ना ध्यान से पढ़ता तो दूसरा आख़री। दोनों क्रिकेट के ख़ासे शौक़ीन थे, पर उनकी बातों में क्रिकेट हमेशा नहीं होता था। एक को क्रिकेट का टी-20 वर्ज़न पसंद नहीं था तो दूसरे को इससे कोई ख़ास गुरेज़ नहीं था। दोनों इस बात पर एकमत थे कि अब टेस्ट क्रिकेट धीरे-धीरे विदा ले रहा है, हालाँकि असली क्रिकेट तो टेस्ट क्रिकेट ही है। वे दोनों अलग इंसान थे। और उनके बीच बहुत सारा ऐसा था जो अलग था। कई चीज़ों में उनकी पसंद, नापसंद और राय अलग-अलग थी।

फिर भी वे अक्सर मिलते थे, क्योंकि मिलने के लिए एक तरह का इंसान होना या एक तरह की राय रखना या फिर एक तरह की पसंद-नापसंद होना कभी भी शर्त नहीं रही थी। वे मिलते और एक सिगरेट भर देर जीवंत बातें कर विदा हो जाते।

पिछले कुछ समय से दोनों हर मुलाक़ात में एक-दूसरे के परिवारों को मिलाने की बात भी करने लगे थे। इसमें शायद उनकी आपस में तवील मुलाक़ात की इच्छा भी रही होगी जो महज़ एक सिगरेट जितनी लंबी न हो। इस तरह की लंबी मुलाक़ात की इच्छा एक-दूसरे के लिए कोई गहरी तलब का परिणाम थी या लंबे अरसे तक थोड़ी-थोड़ी देर भर मिलते रहने से एक

औपचारिक शिष्टाचार के तहत परिवारों को मिलाने की बात जैसा कुछ था। पता नहीं। जो भी हो असल में इस तरह की पारिवारिक मुलाक़ातें कभी हुई ही नहीं थीं। शायद दोनों अपने-अपने परिवारों के साथ अगली बार मिलने की बात, उस वक़्त की मुलाक़ात के औपचारिक समापन के लिए करने लगे थे। जैसे दोनों बात कर रहे हों और लगने लगा कि अब चलना चाहिए तो दोनों में से कोई कहता- "चलो, फिर मिलते हैं। यार, अबकी बार भाभी और बच्चों को घर ला न!"

"ज़रूर!" दूसरा बोलता और बात ख़त्म हो जाती। दोनों अपनी-अपनी राह पकड़ लेते।

आज उन दोनों के बीच शब्दों का यह ढेर पड़ा था। और फ़िलहाल दोनों चुप थे। वे एक-दूसरे को जल्दी से विदा कह देते तो यह मुलाक़ात भी पहले की तरह कमाल की मुलाक़ात हो जाती पर आज उनको ज़्यादा देर तक एक-दूसरे के साथ रहना था। एक हद तक यह नियति थी और कुछ हद तक मजबूरी। सहूलियत के लिए यह मान लिया जाए कि इनमें से पहले का नाम 'एक' था और दूसरे का 'दूसरा।' यह जगह 'एक' का दफ़्तर थी और 'दूसरा' आज उधर फ़ील्ड में कहीं अपना काम ख़त्म कर इसी 'एक' के दफ़्तर में, उसी के सामने बैठा, अपने बिज़नेस पार्टनर का इंतज़ार कर रहा था जो 'तीसरा' था और वहाँ किसी और जगह से आने वाला था। पार्टनर को आने में देर हो रही थी। पहले तो इस देर का पूर्वानुमान एक मौक़े की तरह किया गया था कि संक्षिप्त मुलाक़ातों वाले दोस्त के साथ उसी के दफ़्तर में आज लंबी बातें ख़ूब वक़्त तक होंगी। और हुआ भी ऐसा ही कुछ देर तक तो। शुरू में चाय की चुस्कियों के साथ बातों के सूत से कताई होने लगीं। कातते-कातते अभी कुछ ही देर हुई थी कि कताई से बुनाई का सफ़र उबाऊ होने लगा। वक़्त लंबा लगने लगा। वे फिर भी बोलते रहे पर उनके बीच बहुत सारा निरर्थक जमा होने लगा।

फिर उनका बोलना रुक गया। वह 'तीसरा' यानी बिज़नेस पार्टनर अब तक नहीं आया था। अब वे दोनों एक-दूसरे के सामने नहीं देख रहे थे। कोई कैलेंडर पर बेवजह नज़रें गड़ाए था तो कोई एक तरफ़ लंबे अरसे से कोने में पड़ी धूल खाई ट्रॉफ़ी देख रहा था। वे एक-दूसरे के सामने थे पर एक-दूसरे

की उपस्थिति से बेपरवाह। हद तो यह थी कि वे अब ऐसे बैठे थे जैसे एक-दूसरे से अनजान हों।

बिज़नेस पार्टनर अभी तक नहीं आया था।

मून फ़्लोरिस्ट

वह जब भी इस दुकान के आगे से गुज़रता, हल्का-सा ठिठक जाता, और सोचने लगता कि चाँद पर उगने वाले फूल किस तरह के होते होंगे। उनका रंग क्या धरती पर उगने वाले फूलों जैसा ही होता होगा? क्या उनमें भी वैसी ही आभा होती होगी जैसी यहाँ के फूलों में होती है? किस तरह की होगी चाँद की मिट्टी की तासीर? और उसके गुणधर्म वहाँ के फूलों में किस तरह से आते होंगे?

चाँद पर फूल चटख ही होते होंगे, इतना उसे भरोसा था।

वह दुकान उसके दफ़्तर के ऐन रास्ते में थी। दुकान फूल बेचने वाले की थी और उसकी दुकान के साइन बोर्ड पर नाम के साथ चाँद के अर्धवृत्त में लिपटा कोई आकाशीय फूल था। ऐसा फूल उसने कभी देखा नहीं था। आधे चाँद में लिपटा फूल वाक़ई दिलकश दिखता था। वह फूल अगर धरती का कोई फूल था और चित्रकार की कल्पना ने उसे चाँद के साथ मिला दिया था, तब भी इस तरह का फूल उसके देखने में आया नहीं था। वैसे भी उसने ज़्यादा फूल नहीं देखे थे। फूलों के बारे में उसकी जानकारी उतनी ही थी जितनी एनीमेशन देखने वाले बच्चे की आमतौर पर कंप्यूटर ग्राफ़िक्स के बारे में हुआ करती है। वह फूलों की क़िस्मों को पहचानता नहीं था। लोगों को जब वह फूलों के बारे में बात करते सुनता, वह मन-ही-मन हैरत करता। गमले की मिट्टी, रसायन, मौसम, तापमान और गार्डनिंग टूल्स के बारे में बात करने वाले इंसान उसकी नज़र में दुनिया के कुछ सबसे आला दिमाग़ वाले लोगों में से थे।

वह कहीं-न-कहीं फूलों की बात को नफ़ासत से जोड़ता था। वह एक

नफ़ीस आदमी नहीं है ऐसा फ़ैसला वह अपने ही ख़िलाफ़ सुना देता। यद्यपि उसे फूल अच्छे लगते थे, वह फूलों से प्यार करता, उसे बच्चे फूल से लगते और उसने अपनी प्रेमिका को एक सुंदर फूल ही दिया था। गुलाब का।

बावजूद इसके, उसका प्रेमिका को फूल देना सिर्फ़ उसका फूलों के प्रति सामान्य लगाव ही नहीं था, बल्कि यहाँ फूल कोमलता और सौंदर्य का रंगीन प्रतीक मात्र न होकर एक भाषाई व्यवहार का हिस्सा था। उसने प्रेमिका को फूल देने से ज़्यादा 'गुल-ज़बान' में उससे कुछ कहा था। यह फूल से ज़्यादा कोई लिपि थी। फ़्लोरी-स्क्रिप्ट।

और जब फूल वर्णमाला का कोई अक्षर हो जाए तो ध्यान भाषा सीखने पर ज़्यादा जाता है, उस अक्षर का अपना स्वतंत्र अस्तित्व नहीं रह जाता, उसका अपना रूप और रंग बेमानी हो जाता है। उसकी जगह उसके ज़रिये क्या कहा जा रहा है, यह ज़्यादा महत्त्वपूर्ण हो जाता है।

वह फूलों को बेशक कम जानता था पर उनके ज़रिये जिस भाषा में, जो कहा जाता था या जा सकता है उससे वह वाक़िफ़ था। वैसे भी जब फूल ख़ूबसूरती से ज़्यादा किसी लिपि का हिस्सा बन जाए तो उसके जाति-कुल की परवाह कौन करता है!

दुनिया भर में प्रचलित भाषाओं और उनकी लिपियों से इतर उसे इस तरह की अनाम भाषाओं और वर्णमालाओं का ठीक-ठीक ज्ञान हो गया था। वह गंध की लिपि पहचानने लग गया था। वह आँख की भाषा जानने लग गया था। वह साँस की लय के ज़रिये जो कहा जाता है, उसे समझने लग गया था।

इतनी तरह की ऐसी-ऐसी लिपियों और भाषाओं का ज्ञान होने के बाद भी कई बार वह अपने आपको अधूरा महसूस करने लगता। वह अपने को अपूर्ण समझता कि क्यों वह फूलों को सिर्फ़ किसी भाषा की लिपि की तरह ही समझता है। उसे फूलों को उसके स्वतंत्र अस्तित्व के साथ स्वीकार करना चाहिए। वह किसी वर्णमाला की लड़ी का हिस्सा नहीं बल्कि एक जुदा व्यक्तित्व है।

इस दुकान के सामने से गुज़रते समय उसे हर रोज़ नए तरह के फूल नज़र आने लगते। नवीन रंगों में लिपटी कोमलताएँ। कोमलताओं के गुच्छे। बस वह किसी पर भी अपनी तरफ़ से 'नेम टैग' नहीं लगा पाता था। वह

झुंझला जाता। क्या उसे फूलों की आज तक क़ायदे से पहचान नहीं हुई है या जेनेटिक सम्मिश्रण ने नित नए फूलों का अविष्कार कर उसे चिढ़ाने का नया फॉर्मूला तैयार किया है ? वह बड़ी मेहनत से इनसाइक्लोपीडिया देखता और समझने की कोशिश करता पर जैसे ही कोई ताज़ा फूल उसके सामने आता, उसके सामने अपरिचय का गाढ़ा वीराना पसर जाता। बचपन में देखे फ़ीके रंगों वाले पाँच फूल ही उसकी स्मृति का स्थायी हिस्सा बने रहते।

उसे लगता यह 'मून फ़्लोरिस्ट' रात को कीमियागरी से नई-नई क़िस्मों के फूल खिला देता है और सुबह अपनी दुकान में सजा देता है। यह रंग ही थे जो उसे परेशान करते थे। वह फ़ीके धूसर रंगों से वाक़िफ़ था पर चटख रंग उसके ज्ञान को चुनौती देते। वह रंगों के शेड्स से परेशान हो जाता। रंगों के शेड्स उसे गणित की टेबल्स से लगते जिन्हें याद करना मुश्किल था। कई सारे रंग उसे बीजगणित की जटिल वीथियों में ले जाते।

आख़िर उसने हारकर सोचा वह भाषा का आदमी है। गणित उसके बस की नहीं। पर 'मून फ़्लोरिस्ट' के सामने से गुज़रने पर कई दिनों तक वह ठिठक ज़रूर जाता था।

फ़ीके रंग वाला फूल

कितने आक्रामक लगते हैं यह चटख रंग!

काँच के टुकड़ों की तरह आँखों में घुसे जाते हैं। गमलों में उगे कोमल और कृशकाय पौधों पर किसने इतने गहरे रंग के फूल उगा दिए? क्या जंगल में भी ऐसे ही तीखे रंगों का सैलाब उमड़ता है? या ये प्रयोगशालाओं के रसायनों से पनपे हैं?

झील के किनारे फूलों की प्रदर्शनी लगी है। माहौल में रूमान है। हल्का संगीत पानी की सुस्त लहरों से संगत करता है। लंबे प्रोमेनाड पर लोगों की चाल में शांति है। पता नहीं चलता कि इस बारिश में छलक उठी झील का टनों गैलन पानी अपनी डूब में आई धरती को कितना ज़ोर से भींचे हुए है। अगर झील के तल में कोई दबाव है भी तो वह दिखाई नहीं देता है। लोग पानी की सतह पर पसरे धीरज से ही वाक़िफ़ है। प्रेमियों के जोड़े झील के किनारे सुस्त से चल रहे हैं। दिगंत में कोई पक्षी साँवली रेखा उकेरता उड़ता चला जाता है।

फूलों की प्रदर्शनी में कई क़तारों में लगे हैं बेशुमार गमले। गमलों की मिट्टी में उगे बौने पौधे और उसपर उसके आकार और क़द से कहीं ज़्यादा लगे फूल। इनका रंग हैरान करता है। चमकदार बैंगनी, लाल, रानी और गाढ़ा आसमानी।

बेरंग मिट्टी में पस्त से लगते हरे पत्तों के बीच रक्ताभ फूल। जैसे ठंडी आग बैठी है इस गमले में। जैसे कोई दुर्बल कृशकाय पर फूला-फूला दमकता चेहरा लगा दिया हो। मोटे ताज़े रंगीन फूल अपने मातृ पादप का हिस्सा लगने के बजाय किसी बीमार मरियल पौधे पर चिपके परजीवी की तरह ज़्यादा लगते हैं। कोई बड़ी, द्रव से भरी जोंक जैसे चिपककर जबरन पोषण खींच रही

हो। वर्ना यह सवाल वाजिब नहीं लगता कि रंगों की इस चकाचौंध का पोषण कैसे होता है ? क्या एक गमले की मिट्टी काफ़ी है इस वैभव को सींचने में ?

वह सोचता है- "फ़ीके रंग के फूल कहाँ होंगे यहाँ ? किसी स्वस्थ हरे पौधे पर लगे निस्बतन फ़ीके फूल। इस प्रदर्शनी में तो कोई क्यों रखेगा इस तरह के फूल ?

इन चटख रंगों से भरे गमलों की क़तारों में कोई फ़ीके रंग का फूल चाहिए मुझे।"

उसे याद आया अपनी प्रेमिका का दुख से भरा उदास चेहरा। उलझे हुए रूखे बाल। धँसे हुए गाल। और बीच में कहीं बैठा फ़ीके होंठ का फूल। फ़ीका रंग उसके मन में उदासी भरता था। यह उसे उसकी प्रेमिका की याद दिलाता था। वह बार-बार अपनी प्रेमिका को याद करना चाहता था। वह हर वक़्त उसे याद करना चाहता था। वह हर वक़्त उसे याद रखना चाहता था। फ़ीके रंग का कोई फूल ही उसे अपनी प्रेमिका के बेरंग होंठ की याद दिला सकता था।

पर बात सिर्फ़ इतनी सपाट और आसान भी नहीं थी। उसे वैसे भी तीखे गहरे हमलावर रंग वाले फूलों से चिढ़-सी थी। अगर उसे फ़ीके रंग के फूल से अपना कुछ निजी याद आता था तो वह एक अतिरिक्त-सी बात थी। अगर कोई निजी रिश्ता न भी जोड़ा जा सकता तब भी उसे इस बेचैनी भरे चुँधियाते रंगीन सेहरा में मगसे रंग का सुकून चाहिए ही चाहिए था।

वह सोचने लगा- "क्या कहीं छिपा बैठा हो सकता है इस तरह का फूल ? भले ही वह मेरी हथेली के आकार से बहुत छोटा हो। इस लंबी क़तार में देखता हूँ शायद कहीं मिल जाए इस तमाम वैभव के बीच उपेक्षित कोई हल्के रंग का फूल।"

कुछ भी शाश्वत नहीं

शहर के बाहरी छोर पर बने कैफ़ेटेरिया से अपने दोस्त के साथ एक बेहद आत्मीय संबंध का औपचारिक समापन कर वह वापस लौट रहा था। दोनों ने वहीं मिलना तय किया था। एक-एक कॉफ़ी और समापन की औपचारिक घोषणा। बड़ी विचित्र बात थी कि हाथ मिलाने की औपचारिकताओं से शुरू हुआ यह रिश्ता ऐसी ही औपचारिकताओं से ख़त्म भी हो गया। क्या हमेशा इस तरह हो जाता है कि जिस आसानी से कोई रिश्ता शुरू होता है उसी आसानी से ख़त्म भी हो जाए? शायद नहीं, बल्कि अक्सर नहीं। रिश्तों का समापन अमूमन भयानक तोड़फोड़ के साथ होता है। उसमें ढेर सारी तकलीफ़ भी बहुत अरसे तक साथ में बनी रहती है। दोनों तरफ़ से। यह कुछ-कुछ एम्प्यूटेशन की तरह होता है जिसमें बहुत अरसे तक लगता रहता है कि जिस हाथ को काटा गया है, उसी में इचिंग हो रही है। फ़ैंटम लिंब।

वे दोनों दोस्त थे। गहरे। वे एक बार कहीं मिले थे। उम्मीदों के बोझ से पूर्णतः मुक्त एक मुलाक़ात। भविष्य को लेकर जिसमें कोई वादा नहीं था। इसलिए फिर मिलेंगे जैसी कोई बात उनकी इस मुलाक़ात के आख़िर में नहीं हुई। पर उसके बाद उनका मिलना हुआ और बार-बार हुआ। लड़के ने सोचा, जब वे गाढ़े दोस्त बन गए थे, कि यह सब नियति की वजह से हो रहा है। कि कोई है जो उन्हें मिलाना भी चाहता है। लड़की भी कुछ ऐसा ही सोचने लगी। जब दोनों एक जैसा सोचने लगे तो उनके बीच दोस्ती गहराती गई। मिलना रोज़-रोज़ होता गया। एक की कही बातें दूसरा मानता। दूसरे की बात ज़ाहिर थी पहला मानता। फिर एक की ज़बान पर जो बात होती, दूसरे के होंठों पर आ जाती। और फिर एक जिस बात को सोचता दूसरा उसे अंजाम दे देता।

जैसे वे एक-दूसरे के पूरक नहीं पर्याय हो गए थे। उनमें फ़र्क़ नहीं किया जा सकता था। यह दोस्ती का या तो परम था या उससे परे की कोई चीज़। देह की चौड़ी भित्ति उनके दो अस्तित्वों को भौतिक रूप से अलग कह पाने में विफल हो रही थी।

तो उनके बीच कभी बहुत कुछ था, सब कुछ था। तरल, पारदर्शी, स्वच्छ। पर कुछ समय पहले बीच का तरल विस्तार सूखने लग गया था और जल्द इस संबंध का जीवन-द्रव सूखे भुरभुरे बंजर में बाक़ी रह गया।

बहुत ज़रूरी था इस सच को स्वीकार करना और भार से हल्का होना।

"मेरी तरफ़ से तुम मुक्त हो।" दोनों ने जैसे एक-दूसरे को कहा।

कॉफ़ी का आख़िरी घूँट बड़ा था। दोनों के चेहरों पर हल्की मुस्कान उभरी। किसी ने नहीं कहा कि पिछला साझा वक़्त हमेशा याद रहेगा पर उस मुस्कान में कृतज्ञता का भाव ज़रूर था।

'तुम जियो हमेशा क्योंकि मेरे लिए मरना नहीं है।' घिसी-पिटी किंतु अमर पंक्तियाँ। कहने की ज़रूरत नहीं थी पर उस मौन में ऐसा ही कुछ ध्वनित हुआ। दोनों कॉफ़ी के दौरान एक जैसा बोल रहे थे। मौन में भी। असल में यह स्वीकारोक्तियाँ थीं।

कैफ़ेटेरिया से बाहर बाइक पर बैठते ही उसे तेज़ ठंड का एहसास हुआ। दिसंबर की कोई रात थी, और इन दिनों में यहाँ ठंड के तेवर कड़क ही रहते थे। पिछले दो दिन से पर्वतीय क्षेत्रों में बर्फ़ गिर रही थी और ठंड के झपट्टे यहाँ अच्छी तरह महसूस हो रहे थे। बाइक चलाते समय उसे ठंड का एहसास और तेज़ होने लगा। वह शहर की तरफ़ जा रहा था और उसे शहर की रोशनी दूरस्थ आभा की तरह भी दिख रही थी पर फ़ासला खगोलीय दूरियों में तय होता लग रहा था। पूरा रास्ता अँधेरे से एकाकार था। ऊपर आसमान भी गहरा काला था जो ठंड में और गाढ़ा हो गया था। बाइक अब ब्रह्मांड के सर्द अवकाश में चल रही थी। ठंड उसकी आत्मा को परम शून्य ताप में धकेल रही थी। एक रिश्ते की गर्मी ख़त्म होने से इसका कोई संबंध था या नहीं यह सोचने का फ़िलहाल उसके पास वक़्त नहीं था।

शहर की रोशनी अब कुछ और नज़दीक आ रही थी। उसकी जीभ पर कॉफ़ी का खारापन अभी भी मौजूद था। और यह शहर में दाख़िल होते ही

जाता रहेगा यह भी उसे मालूम था। एक जगह बाइक रोककर उसने काँपते हाथों से सिगरेट सुलगाई और आसमान की ओर देखा। सितारे ब्रह्मांडीय ठंड में मुर्दा रोशनी फेंक रहे थे। इनमें से कुछेक करोड़-दो करोड़ साल और गर्म रहने की कोशिश करेंगे फिर दम तोड़ देंगे। एक रिश्ता भी इसी तरह अपनी चमक खोकर उसके आकाश से विदा हो चुका था।

वह फिर से बाइक पर था। ठंड उसे चीर कर गुज़रती रही। वह एक गति से शहर की ओर भाग रहा था। आख़िर एक जगह उसे लगा कि वह रिश्ते के साथ ठंड को भी पीछे छोड़ता जा रहा था। दिन के उजाले में जो क़िला शहर के हर कोने से एक अकड़, ऐंठ के साथ दिखता था इस समय सिटी लाइट्स में उसकी पीलाभ बुर्ज़ों का दिखना उसे सुकून दे गया। यह संकेत था कि वह सच में शहर की ओर ही जा रहा था। अब तक तो जैसे वह किसी निर्जीव आकाश गंगा की धूल उड़ाता अलक्ष्य ही दौड़ रहा था।

शहर के चौराहे पर बहुत ऊँचाई से रोशनी फेंकता हाई मास्ट जो दिन में जासूसी करता लगता था अब उसके स्वागत में खड़ा था। घर पहुँचने की उसे जल्दी नहीं थी। आख़िर उसे वहीं जाना था पर इससे पहले वह शहर की आँच को सोख लेना चाहता था। परिचित चाय वाले को देखकर उसने बाइक वहीं खड़ी कर दी। मसाला चाय के पहले घूँट की कल्पना मात्र से उसके शरीर में ऊष्मा फैलने लग गई।

किताब का जादू

वह एक लंबे अरसे से इस किताब को पढ़ रहा था। किताब जैसे उसके व्यक्तित्व का हिस्सा हो गई थी। किताब उस आदमी में कुछ भी अतिरिक्त जोड़ती न थी। न कम ही करती थी। पर इस गणित से वह बेपरवाह था। किताब उसके पास रहती थी। ऐसा नहीं था कि किताब उससे किसी अदृश्य अस्थि-जोड़ से बँधी थी और वह उससे उदासीन हो गया था, बल्कि कई बार तो वह उसमें खोया रहता था। शायद उसने कई बार इसे पढ़ लिया था। पर तब भी कई बार वह एक ही शब्द या पंक्ति में दिनभर अटका रहता। इसमें किसी तरह की झुंझलाहट उसे नहीं होती थी, बल्कि यह एक क़िस्म का सम्मोहन था। वह उस एक शब्द या लाइन के बारे में सोचता रहता। फिर सोचने से हटकर उसके ख़ुमार में आ जाता।

वह किताब के जादू से बिंधा था।

किताब पढ़ते-पढ़ते ऐसा अक्सर होता कि वह बुकमार्क डालकर उसे बंद कर देता। इस तरह वह हमारी इस दुनिया में लौट आता। फिर कुछ देर बाद वह फिर किताब के ज़रिये एक और ही दुनिया में चला जाता। किताब उसके लिए वह दरवाज़ा बन गई थी जिसके ज़रिये वह दो मुख़्तलिफ़ दुनियाओं में आ जा सकता था।

किताब लिखने वाले की दुनिया से कुछ अलग होती थी वह दुनिया जिसमें वह किताब के ज़रिये प्रवेश करता था। असल में वह उसकी अलग, वैकल्पिक अपनी दुनिया थी भले ही जिसका आकार, किनारे, लंबाई, चौड़ाई वग़ैरह किताब में पहले से ही तय की हुई थी। पर उसके रंग, उसकी चमक और इस तरह की कई चीज़ें उसकी अपनी थीं जिनमें परिवर्तन का अधिकार

उसके पास था। इस अलग और बहुत हद तक उसकी अपनी दुनिया के समंदर की नीलाभा कुछ अलग चमक लिए होती थी। उसकी नदियों के घाट कुछ अलग रंग के पत्थरों के बने होते थे और उनसे नदी में उतरती सीढ़ियाँ मोहक घुमाव लिए होती थीं। ऐसा भी होता था कि वह अपनी इस दुनिया के रंग बदलता रहता था, उसके उभार बनाता-बिगाड़ता रहता था और इस तरह किताब के दरवाज़े से जब भी वह अंदर की दुनिया में आता वह पिछली कई दुनियाओं से अलग होती थीं।

इस तरह किताब के ज़रिये वह जिस दुनिया में प्रवेश करता था, वह इतनी प्रत्यास्थ थी कि जिसके कोने मरोड़कर, रंग रूप बदलकर वह हर बार नई बना डालता था। और यूँ एक ही किताब के ज़रिये उसने कई दुनियाएँ गढ़ डाली थीं।

किताब के पास नाम थे, वह उन नामों को चेहरे देता। कई बार उन चेहरों के पीछे के लोग उसके बिलकुल पास के होते। महल्ले के। किताब की प्रेम करने वाली लड़की उसके कॉलेज की ही होती जिसे वह बरसों पहले, कॉलेज के आख़िरी दिन आख़िरी बार मिला था। यह बहुत मज़ेदार भी था। किताब में आए जर्मन नाम वाली लड़की उसके महल्ले में ही रहती थी और बार का मालिक उसके पिछवाड़े में रहता सनकी अधेड़ होता था। उसमें आया क़िला उसकी नज़र के ठीक सामने दीखता मध्यकालीन जर्जर दुर्ग था, पर किताब का चर्च उसकी देखी सत्तर के दशक की किसी फ़िल्म के गिरजे से से मिलता-जुलता था। असल में उसने चर्च कभी देखा नहीं था। मतलब इस दुनिया में। फ़िल्मों में ज़रूर पुर्तगालियों के बनाए कुछ चर्च उसने देखे थे जिनमें से एक को उसने अपनी और किताब की दुनिया में जगह दे दी थी।

किताब और उसकी मिली-जुली दुनिया जीवन से इतनी भरी थी कि एक बार बेहद ऊँचे पहाड़ी क़स्बे पर जब उसे साँस लेने में दिक़्क़त हुई थी और वह हाँफने लगा था तो उसने किताब के पन्नों से ढेर सारी ऑक्सीजन खींच ली थी।

कैलकुलेटर

आजकल जो कैलकुलेटर उसे चीप प्लास्टिक का टुकड़ा नज़र आता था उसने उसे बरसों पहले कितना छला था! दुनिया में हो सकता है यह कैलकुलेटर सदियों पहले आ गया हो, उसने उन दिनों उसे पहली बार देखा था।

वह शायद छठी या सातवीं में पढ़ता था। क़स्बे का सिनेमाघर उसके घर से दूर था। सिनेमा लेकिन उसके दिल के क़रीब था। वह रोज़, चलकर पास की दर्ज़ी की दुकान तक ज़रूर जाता था। इस दुकान में सिनेमा के बेशुमार पोस्टर चिपके रहते थे। इनमें से कुछ पोस्टर क़स्बे में फ़िल्म लगने के लिहाज़ से बदलते भी थे। बाक़ी कई पोस्टर सदाबहार थे। कुछ कालातीत भी थे, बरसात के राजकपूर-नर्गिस टाइप। अक्सर जो फ़िल्म सिनेमाघर में लगी होती थी उसका पोस्टर उस दुकान में भी चिपक जाता था। शायद यह कोई विज्ञापन जैसा तरीक़ा था या उस दुकान वाले का सिनेमाघर वाले से कोई निजी रिश्ते जैसा मामला। जो भी हो यह तय था कि टेलर मास्टर भी फ़िल्मों का शौक़ीन था। दुकान में किसी कोने में पड़ा रेडियो विविधभारती के गाने हर वक़्त चलाता रहता था। 'वह' उस 'नोवेल्टी टेलर' की दुकान के बाहर कुछ देर खड़ा रहकर फ़िल्मों के पोस्टर देखता रहता था। पोस्टर उसे क़स्बे में और भी कई जगह चिपके दिख जाते थे पर यह जगह उसके घर के नज़दीक थी।

पढ़ाई में वह ख़ुद जैसा भी था, पढ़ने का तरीक़ा सबका एक जैसा था। किताबें पढ़ना, गृहकार्य करना, गुणा भाग, पहाड़े वग़ैरह। क़लम और दवात के अलावा ब्लैक बोर्ड और खड़िया।

खड़िया का चूरा पूरी क्लास में उड़ता रहता था। उसने तब तक कैलकुलेटर

जैसी चीज़ के बारे में सुना भी नहीं था, बल्कि सोचा भी नहीं था कि कोई ऐसी भी चीज़ हो सकती है जो गणित की गणनाएँ इस तरह हल कर सकती हैं। शकुंतला देवी के बारे में अलबत्ता उसने ज़रूर कहीं पढ़ा था और उसे बड़ी हैरत हुई थी कि कोई ऐसी महिला है जो गणित के लंबे-लंबे गुणा-भाग बिना कॉपी-पेन के दिमाग़ में सोचकर हल कर सकती है और वह भी तत्क्षण ही।

कैलकुलेटर आज तकनीक में कोई ख़ास दर्जा भले ही नहीं रखता मगर उन दिनों जब उसने पहली बार ऐसी चीज़ को देखा था उसका दिल दूना धड़कने लग गया था। उसे वह दृश्य आज भी याद था। चारों तरफ़ बारीक धूल थी। इक्का-दुक्का पेड़ आस-पास थे। वह अपने दोस्त के साथ वहाँ खड़ा था। उसका दोस्त बड़े इंजीनियर का बेटा था। उन दोनों में हल्की-फुल्की दोस्ती थी। उस वक़्त आस-पास कोई नहीं था। उनके चारों ओर काफ़ी ख़ाली जगहें थीं। ऐसा लगता था वह पूरा परिदृश्य ख़ालीपन से भरा था। आस-पास के इक्का-दुक्का पेड़ों के बीच भी ख़ूब सारी ख़ाली जगह ठुँसी हुई थी। आस-पास में उड़ते एकाध परिंदे को देखने के लिए भी कई मीलों ख़ाली जगह को लाँघना पड़ता। वह वहाँ क्यों था यह उसे अब ठीक-ठीक याद नहीं था। तभी वहाँ ओवरसियर आया जो उसके दोस्त के पिताजी का मातहत था। उसने वहाँ आकर सीधे उसके दोस्त की ओर ही देखा और अपने जेब से कैलकुलेटर निकाल लिया। उसकी नन्ही-सी स्क्रीन ख़ाली थी। ओवरसियर ने एक बटन दबाया। ध्वनि का एक मीठा-सा अंश बज गया और स्क्रीन रौशन हो गई। फिर उसने दोस्त को जोड़, बाक़ी, गुणा भाग सब उससे करके दिखाए। उसका दोस्त रोमांचित-सा उसे देख रहा था। फिर ओवरसियर ने कैलकुलेटर उसके दोस्त को थमा दिया और कहा ख़ुद करके देखो। उसका दोस्त तकनीक के उस चमत्कार से चमत्कृत था। वह स्क्रीन पर उभरते अंकों को विस्फारित नेत्रों से देख रहा। उसके काँपते हाथ उस पर धीरे-धीरे चलने लगे। ओवरसियर का ध्यान उसके दोस्त की ख़ुशी पर ही केंद्रित था और वह... वह अपने दोस्त को इस तरह देखकर अजीब से तनाव में ऐंठता जा रहा था। वह अपने दोस्त की ख़ुशी में शरीक नहीं हो पा रहा था। वह उस कैलकुलेटर को अपने हाथ में लेने के लिए मचल गया। वह उस चमत्कार को ख़ुद अपने हाथों से करना चाह रहा था। वह देर तक 'एक बार मुझे, एक बार मुझे' कहता गया पर

उसकी चिरौरियों और मिन्नतों पर न तो उसके दोस्त ने कोई ध्यान दिया और न ही उस ओवरसियर ने। आख़िर ओवरसियर कुछ देर बाद उस कैलकुलेटर को जेब के हवाले कर चलता बना। उस ओवरसियर के लिए वह जैसे वहाँ मौजूद ही नहीं था।

उसे याद है वह वहाँ से अपने घर तक डूसके भरता रोता ही रहा। उस वक़्त कोई भी भगवान उसके इस मौन करुण विलाप से पसीज सकता था। पर उसका रोना क़ीमती था। और उसने इस संपदा को किसी के सामने उद्घाटित नहीं किया। कई दिनों तक उसके सपनों में कैलकुलेटर की नन्ही-सी स्क्रीन चमकती रही। वह एक दम से जागकर उठ बैठता। सपने में अचानक कैलकुलेटर चमक उठता और उसे वह चमक फ़्लैश लाइट की तरह चौंध मारती लगती। उसकी माँ उसके इस तरह अचानक जागने से घबराने लग गई। वह किसी बुरे सपने के बारे में पूछती और वह मना कर देता।

"तो... फिर क्या हुआ? आओ तुम्हें दुनिया का सबसे महँगा सेल फ़ोन दिला देती हूँ। उसमें कैलकुलेटर भी होगा। किसी भी डिजिटल स्टोर में चलो और तुम नाम लो वह चीज़ तुम्हारी हो जाएगी।" बरसों बाद उसकी प्रेमिका ने कहा।

"मेरे लिए कैलकुलेटर शायद इतना मायने नहीं रखता। तब भी नहीं जब मुझे उसके स्पर्श से महरूम किया गया था। मेरे बाप ने मेरे अगले जन्मदिन पर ही वह ला दिया था।"

"फिर दिक़्क़त कहाँ थी?"

"वह मेरी प्रतिक्रिया शायद कैलकुलेटर को लेकर उतनी नहीं थी। मेरे पिताजी ने जब मुझे कैलकुलेटर लाकर दिया तो मुझे ज़्यादा ख़ुशी नहीं हुई थी।"

"तुम ही तो उसके लिए कहते थे- चीप प्लास्टिक शिट।"

"हाँ... पता नहीं! शायद, वह शायद ओवरसियर के लिए था।"